國立中央圖書館出版品預行編目資料

杜詩品評 ／ 　　　　　　　
台北市：東大　　　　經銷，民79
（　　　　　　　　　　）
參考書目　225-238
ISBN 957-19-0104-0 （　）
ISBN 957-19-0105-9 （平裝）

1.(唐)杜甫　　　　　 2.(唐)杜甫—作品集
—批評　解釋
851.4415

ISBN 957-19-0105-9

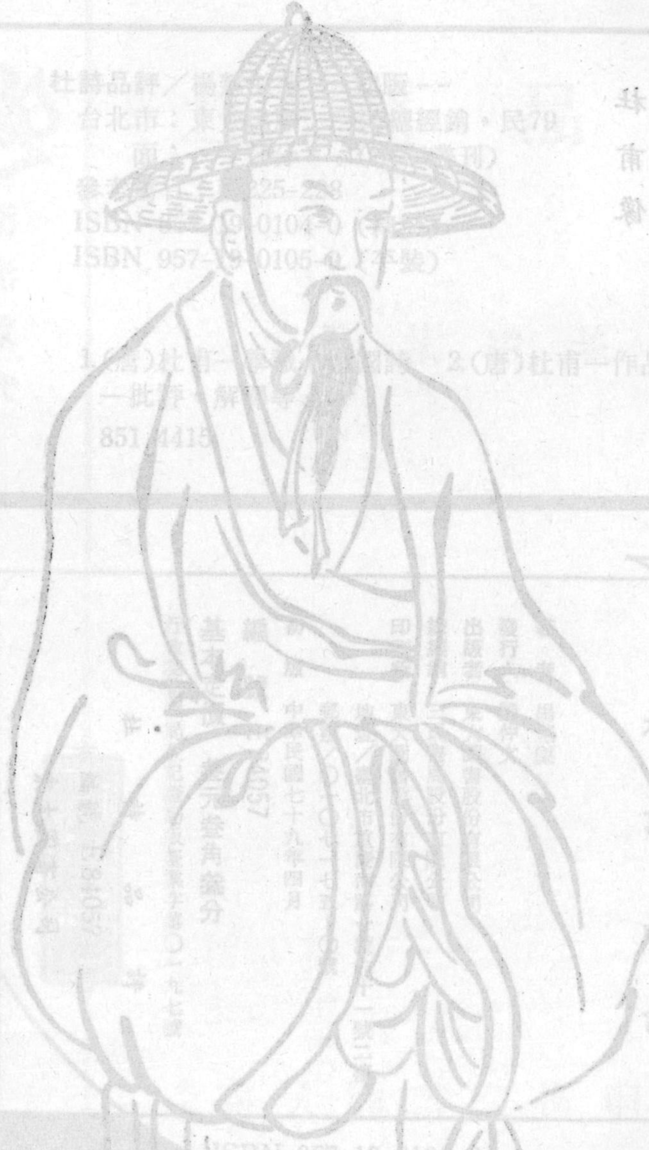

自序

我十幾歲時，寓居蓉城，常到杜甫草堂和工部祠遊玩，那一帶風景優美，環境清幽，徜徉其間，往往令人流連忘返。嗣後我任文學教師，每次教到杜甫的詩，總不免向學生津津樂道那段少年不知愁的溫馨歲月。今我竟然寫出這本《杜詩品評》，這是往日從來沒想到過的，用心理學的一個名詞來說，這大概就是一種「潛隱性的夢」的實現。

杜甫的詩，與他一生的經歷分不開，不同的經歷，使他的詩有著不同的特色與基調。就詩而言，他的經歷可分為三個時期：

第一期：自唐開元二十年至天寶五年（七三二——七四六），杜甫正值二十一歲至三十五歲青壯年意氣風發的年代，詩的特色可以《壯遊》中「性豪業嗜酒，嫉惡懷剛腸」、「放蕩齊趙間，裘馬頗清狂」來表達，而豪邁、放蕩、清狂既是他這一時期詩的基調，也是他生命的基調。這一期的詩，我選了歌行一首：《飲中八仙歌》；七絕一首：《贈李白》；五律四首：《望嶽》、《房兵曹胡馬》、《不見》、《春日憶李白》。《飲中八仙歌》中的「飲如長鯨吸百川」是豪邁，「長安市上酒家眠」是放蕩，「擧觴白眼望青天」是清狂，在這裡，杜甫實在是藉歌八仙以自況。唐代詩壇兩顆巨星李白與杜甫，也在這一時期（天寶三、四年間）於洛陽相遇，「醉眠秋共被，携手日同行」（《與李十二尋范十隱居》），可知兩人的友情是如何密切。分別時，由《贈李白》所謂：「痛飲狂歌空度日，飛揚跋扈為誰雄」，又可知在兩人相處的一段時光裡，酒性加上詩興的狂放生活達到最高點。

第二期：天寶五年至乾元二年（七四六——七五九），這是他三十五歲至四十八歲的中年，也是他一生中最不幸、最痛苦的年代，朝代的衰敗、人民的災難、個人的窮困，都充分反映在他的詩中。如果說前一期的詩可用「興」來形容，那末這一期的詩可以說是充滿著「怨」，他怨恨宮中之驕奢淫佚，怨恨安史叛亂帶給人民普遍之飢苦，也自怨貧困潦倒，連妻兒的生活都無法照料，甚至連最小的三子都給餓死，這是他最痛苦的一件事，悲痛慚愧至極：「入門聞號咷，幼子飢已卒。吾寧捨一哀，里巷亦嗚咽。所愧為人父，無食自夭折」。（見《自京赴奉先縣詠懷》）這一期的詩選了五古十首：《北征》、《新婚別》、《垂老別》、《無家別》、《新安吏》、《潼關吏》、《石壕吏》、《夢李白二首》、《佳人》；七古一首：《哀江頭》；歌行兩首：《兵車行》、《貧交行》；五律四首：《月夜》、《春望》、《月夜憶舍弟》、《天末懷李白》；七律一首：《曲江對酒》；排律一首：《洗兵馬》。《兵車行》，描述由於邊疆的戰事，徵調壯丁出發的慘狀，以及帶給百姓之苦難，已見到大難將來臨的預兆。《春望》：「國破山河在」，更是把朝代之衰敗一語道盡。著名的「三別」、「三吏」，真是刻畫盡了人間的離亂與悲苦，不僅是詩中之傑作，也提供了極珍貴的社會史料。少年時的苦讀，青年時的壯遊，充實了杜甫創作的資源，人間的離亂與悲苦，更是豐富了他生活的體驗，因此可以說，苦難的時代，成就了一個偉大的詩人。

第三期：乾元二年至大曆五年（七五九——七七〇），就在乾元二年的冬天，杜甫來到成都，在歷經兵災之後，由嚴武、高適等幾位好友的支持下，得於浣花溪畔營建草堂，於《堂成》詩中，可以看出他內心之喜悅，溢於言表，少數表達閒逸的詩篇，也在這裡完成。不過，草堂的生活，仍只是「暫止」的「飛鳥」（《堂成》：「暫止飛烏將數子」），唐肅宗乾元二年末（七五九）開始營建草堂，經過兩三個月的時間，到次年春，草堂落成，殊料是年八月就被咆吼的秋風吹破，所以他的晚年，生活上的困窘，和飄泊孤寞的命運，並未少許改善。這一期的詩，選了五古一首：《壯遊》；歌行一首：《觀公孫大娘弟子舞劍器行》；七絕八首：《絕句漫興九首》（選六首）、《漫成》、《江南逢李龜年》；五絕一首：《八陣圖》；五律三首：《春夜喜雨》、《登岳陽樓》、《南征》；七律二十二首：《宿府》、《秋興八首》、《白帝》、《登高》、《蜀相》、《恨別》、《狂夫》、《客至》、《聞官軍收河南河北》、《登樓》、《詠懷古跡五首》、《小寒食舟中作》；排律兩首：《春歸》、《釋悶》。其中《春夜喜雨》表現出杜甫罕見的喜悅心情。《客至》中「肯與鄰翁相對飲，隔籬呼取盡餘杯」，表現了草堂生活的閒逸情趣。不過，這種心情和情趣，都很短暫，從《登高》的「艱難苦恨繁霜鬢，潦倒新停濁酒杯」與《登岳陽樓》的「親朋無一字，老病有孤舟」等詩句看來，晚年最後一段行程，依舊過得淒涼潦倒，甚至住無定所，到處漂泊，水上生活居多，終於病死舟中。這一期的詩，特別值得一提的是他的律詩，七律於初唐，本祇是宮廷中社交的工具，到杜甫手中，才予以提昇，在文學史上獲得極高的評價，而其中《秋興八首》、《詠懷古跡五首》，更是七律中登峯造極之名作，史家向有「李絕」、「杜律」之稱，律詩在杜甫幾乎已成為迥異於百家的標誌，這也是我選律詩特多的原因。

近兩年來，利用課餘之閒，誦讀杜詩，每為其一生窘困的際遇，而感到造化之弄人，蒼天之不平。另一方面也為時代的苦難孕育出如此巨匠，而為中國文學慶幸，「詩窮而後工」，在杜甫身上有了最佳之印證。因與杜甫朝夕相處，如見其人，如聞其聲，有時竟也夢囘䆴城。但願此生能舊地重遊，徘徊在草堂花徑、浣花溪畔，尋覓少年時的足跡，余願足矣。

楊慧傑序于民國七十九年
三月西湖園別墅

目次

第三期（公元七五九—七七〇）

第一編

一、杜甫的生平

杜甫，字子美，唐湖北襄陽人。其十五世祖杜畿，杜陵人，於東漢建安時任河東太守，畿子杜恕，嘗任魏太和中散騎黃門侍郎，後爲幽州刺史，恕子杜預，晉鎭南大將軍，都督荆州諸軍事，封當陽縣侯，在杜甫一族中，爲一位最顯赫之遠祖，甫在《進雕賦表》中稱：「自先君恕、預以降，奉儒守官，未墜素業矣。」杜甫爲杜預十三代孫，這位遠祖，註過一部《左傳》，是一部權威著述，流傳至今，預少子杜耽爲晉涼州刺史，耽孫杜遜在東晉初至襄陽，任魏興太守，爲湖北襄陽杜氏之始祖。遜子杜乾光之玄孫杜叔毗爲北周硤州刺史。自杜畿至杜叔毗，此一系統是達官顯貴，以下卽式微不振。叔毗子杜魚石，隋獲嘉縣令；魚石子杜依藝，唐鞏縣令，依藝子杜審言，膳部員外郎，審言子杜閑，奉天縣令，杜甫之父。

杜預自襄陽徙河南鞏縣，子美卽出生於此，於唐睿宗（李旦）先天元年（七一二）誕生在鞏縣東二里之瑤灣。預世居杜陵（陝西長安）故甫自稱杜陵布衣，又因天寶五年至天寶十三年間，淹居京師，住在杜陵之西少陵，復以少陵野老自稱之。祖父審言，武后時任膳部員外郎官職，武后甚器重之，唐中宗朝官至修文館學士，又是武后中宗時代之名詩人，子美父杜閑是個不得志之書生，曾任兗州司馬，轉奉天（陝西乾縣）縣令，曾做過數任小官，母崔氏逝世早，甫四、五歲時寄養於洛陽建春門內二姑母家中課讀，家庭環境雖不如往昔，而究竟爲一官宦子弟，亦爲一書香門第，其祖父首創長篇排律，達四十韻，甫首創排律百韻，排律雖在杜甫作品中非突出者，但由此可知其功力與家學淵源，子美詩中自稱：「吾祖詩冠古」，又謂：「詩是吾家事」，似指祖傳詩學。

杜閑去世後，杜甫家境貧苦，甫二十歲前，大半在家讀書，涉獵甚廣，受儒家正統思想的教育。子美自幼多病，自述曰：「少小多病，貧苦好學」（《封西岳賦》），其又曰：「羣書萬卷常暗誦」（《可嘆》），「讀書破萬卷，下筆如有神」（《奉贈韋左丞文》）。以上杜甫所自述，皆說明他讀書是下過苦功。他在（《壯遊》）詩中追思幼年時的情況，他說：「七齡思卽壯，開口咏鳳凰，九齡書大字，有作成一囊。」十五歲時健康良好，「一日上樹能千回」（《百憂集行》），當時亦曾「出遊翰墨場」（《壯遊》）。子美詩在當時頗得名士崔尚、魏啟心等人之激賞，崔、魏二人長子美三、四十歲，竟願與之結交，足見杜甫詩之成就。

子美六歲時寄居在郾城（河南許州）嘗觀賞梨園弟子公孫大娘的劍器渾脫舞，十四歲出入於岐王李范與殿中監崔滌之邸宅，於此常聽到唐代有名歌手李龜年之歌唱，都給予杜甫很深的印象。十九歲游晉，至郇瑕（今山西猗氏縣），不久又返洛陽。二十歲到二十四歲，杜甫開始遊歷，至吳越，經金陵，下姑蘇，渡浙江，泛剡溪，遊金陵瓦官寺，見顧愷之壁畫，飽覽名勝古蹟。遊歷三、四年始歸來。此次漫遊，不僅欣賞江南秀麗之山水，且對子美寫作修養與藝術鑑識能力皆有提昇。

子美二十四歲自吳、越歸來，決定走唐代一般讀書人出仕之管道，藉應試找出路，故專心研讀應考，殊料到長安應進士試不第。「忤下考功第，獨辭京尹堂」（《壯遊》）。遂東遊齊、趙，此時甫父杜閑任兗州司馬，子美之遊踪以山東爲中心，《登兗州城》、《望岳》皆爲此時之代表作品。

天寶三、四（七四四－七四五）年間，杜甫在東都洛陽結識李白，白長甫十一歲，又結交高適，適長甫十四歲，同遊梁、宋，三人豪飲畋獵，相從賦詩，又嘗到汴州遨遊。《新唐書》本傳說：「嘗從白及高適，過汴州，酒酣，登吹臺，慷慨懷古，人莫測也。」又《壯遊》詩：

> 春歌叢臺上，冬獵青丘旁。呼鷹皂櫪林，逐獸雲雪岡，射飛曾縱鞚，引臂落鶖鶬。

又《遣懷》詩：

> 憶與高李輩，論交入酒壚。兩公壯藻思，得我色敷腴。氣酣登吹臺，懷古視平

蕪，芒碭雲一去，雁鶩空相呼。

又《昔遊》詩：

昔我與高李，晚登單父臺。寒蕪際碣石，萬里風雲來。桑柘葉如雨，飛藿共徘徊。

杜甫與李白的感情更爲親切，在《與李十二同尋范十隱居》詩中：

李侯有佳句，往往似陰鏗。余亦東蒙客，憐君如弟兄。醉眠秋共被，携手日同行。更想幽期處，還尋北郭生。入門高興發，侍立小童清。落景聞寒杵，屯雲對古城。向來吟橘頌，誰欲討蓴羹。不願論簪笏，悠悠滄海情。

以上詩中皆有相似之敍述。他們同遊打獵醉酒之生活，杜甫晚年詩中常常憶及，尤其是與李白相處之情況。詩中謂「醉眠秋共被，携手日同行」，李白此時已成爲舉世矚目之大詩人，杜甫剛剛成名。李杜彼此欽佩，成爲知己，他們均有生不逢時之感。李詩多豪邁，具有眞實感，打擊當時號稱「綺麗」之詩風。李爲人反庸俗，蔑視特權，凡此，皆嘗引起杜甫之共鳴，故情感易拉近。子美早年亦豪放嗜酒，嫉惡反庸俗，此可從《壯遊》詩中了解。可見兩人能結爲至友，實有其志趣才氣相投之處。

李白嗣後在《梁園吟》詩中，亦嘗描述當年遊樂之情景，如：「我浮黃河去京闕，挂席欲進波連山。天長水濶厭遠涉，訪古始及平臺間。平臺爲客憂思多，對酒遂作《梁園歌》。」「卻憶蓬池阮公詠，因吟淥水揚洪波，洪波浩蕩迷舊國，路遠西歸安可得。」太白詩中雖亦描述遊旅留連之情況，但太白是不得意於官場，對當時一般知識份子追求之名利富貴，已有滄海之感，故於沿途所見古蹟名勝，難抑壓內心之無限感慨，與子美感受不甚同。

在「天子重英豪」及「唯有讀書高」之風尙感染下之讀書人，皆期待於十年寒窗苦，一舉成名天下知。子美博學多識，詩藝卓越，考場挫敗後，仍奮進不已，以求將所學，貢獻國家，故於天寶五年秋，在齊、魯、宋、趙間倦遊之後，西往長安，以期能獲一出仕之機會。因當時宰相李林甫，阻塞賢路，雖玄宗下詔選拔天下俊才，凡能通一藝者，卽可至京師應試。杜甫雖參予策試，仍未獲選。

後來杜甫雖能獲得右衛率府胄曹參軍，既非高官厚祿，生活的艱苦情況也並未改善。肅宗至德元年（七五六）丙申，子美已四十五歲，因經常在外，很懷念妻兒，道經驪山，又赴奉先（今陝西蒲城）探望家人，未料一踏入家門，即聽到號咷之哭聲，原來是其第三子，因饑餓而夭亡，據《自京赴奉先縣詠懷五百字詩》：「入門聞號咷，幼子餓已卒。吾寧捨一哀？里巷亦嗚咽。」子美悲痛到極點，一個名學者，名詩人，名宦之後裔，今又是朝廷官員，竟然連幼子都給餓死，其內心之苦痛與愧怍，實難以筆墨所能形容之。

至奉先之次年，戰事日益劇烈，子美為求全家安全，唯有率領全家（兩子兩女一弟及妻）向北白水縣逃避。剛到白水，尚未安頓下來，賊兵已逼近，又繼續再向北行，經華原，過坊州，到鄜州，此處地瘠民窮，賊兵裹足，遂暫時茅屋土階住下來。

天寶十五年（七五六）六月九日，潼關失守。楊國忠建議逃難至蜀，令陳玄禮調配軍隊，假傳御駕親征。十三日黎明，玄宗同少數親貴出延秋門西去。此時長安混亂，連皇親國戚，事前亦不知局勢變得如此惡劣，來不及隨御駕逃奔。安祿山軍隊孫孝哲（契丹人）佔據長安後，展開搜捕百官，殺戮宗室及皇孫、公主、駙馬以下百餘人，殘酷至極，甚至挖心剖腦，王孫們到處逃匿，狼狽萬分，子美痛恨至極，遂寫《哀王孫》一首古風：

長安城頭頭白烏，夜飛延秋門上呼。又向人家啄大屋，屋底達官走避胡。金鞭斷折九馬死，骨肉不得同馳驅。腰下寶玦青珊瑚，可憐王孫泣路隅。問之不肯道姓名，但道困苦乞爲奴。已經百日竄荊棘，身上無有完肌膚。高帝子孫盡龍準，龍種自與常人殊。豺狼在邑龍在野，王孫善保千金軀。不敢長語臨交衢，且爲王孫立斯須。昨夜東風吹血腥，東來橐駝滿舊都。朔方健兒好身手，昔何勇銳今何愚！竊聞天子已傳位，聖德北服南單于。花門剺面請雪恥，愼勿出口他人狙。哀哉王孫愼勿踈，五陵佳氣無時無。

詩中大意，謂叛賊安祿山佔領長安城後，胡做非爲之行爲，令人髮指，如楊國忠、李林甫朝廷重臣，未盡到臣子應盡之責任，且棄城而逃，感憤萬狀。肅宗至德二年（七五七）五月，長安四面戰事漸漸沉寂，各行各業開始活動，子美見有機可乘，是以隱於行旅中，悄然離開長安，向鳳翔進發，沿路時與賊軍相遇，時受盤問，因杜甫穿著破敝，容貌憔悴，身體孱弱，行動艱難，幸未被賊兵注意。於旅途跋涉月餘後，狼狽之狀，同僚見後，爲之扼腕，肅宗召見，嘉其勇敢忠國，即以拾遺官位任之，且略賜獎金，以示慰勉。

好景不常，當子美任左拾遺不到一年，乾元元年（七五八）六月，奉命貶華州司功，此因子美嘗上書營救宰相房琯事，受連累坐罪。到華州後，久無滴雨，田禾枯槁，由於乾燥，四處燃燒，爲保生命計，不得不棄官，率領妻兒選逃較豐收之秦州。至秦州後，雖物價低求生較易，而子美是一位無力耕種者，能勝任之工作，又找不到，坐吃山空，不是久遠之計，經過再三考慮，乃決定往巴州，此處有天府之國之稱，求生較易，且蜀有嚴武、高適、裴冕等至友支持。

乾元二年（七五九）十二月一日，携眷往蜀成都，抵四川後暫住成都郊外浣花溪寺，依靠寺主復空和尚，總算是在流浪中安居下來。子美自長安出來，主要是逃難，生活在寺中雖無問題，但究非久居之處。子美想找朋友支援，遷出寺院，尋一固定住處，此時子美至交嚴武爲成都尹，早年詩友高適亦任彭州刺史，就在成都附近，老友裴冕爲成都府尹，在數位好友協助下，終於在成都西郊，萬里橋外，百花潭邊，浣花溪畔，經三個月時間，至翌年春末，草堂落成。內種有棗樹、梨樹、綿竹、松樹、紫籐、丁香、麗春、梔子、桃樹、榿樹等，子美作《堂成》詩一首：

> 背郭堂成蔭白茅，緣江路熟俯青郊，榿林礙日吟風葉，籠竹和煙滴露梢。暫止飛鳥將數子，頻來語燕定新巢，旁人錯比揚雄宅，懶惰無心作解嘲。

詩以「草堂」爲題，內容主要是描寫草堂景物，與定居後之心境。堂以白茅築成，背向城郭，鄰近錦江，座落在沿江大路之高地上，從草堂可俯瞰郊野青翠之景色。又以大環境爲背景勾畫出草堂之位置，通過自然景物之描述，將歷經戰亂後，得到新居之生活及愉悅之心情，表露無遺。

從此西郊草堂，成爲成都之名勝。我在抗戰期間及復員後，嘗目睹每屆春節，仍是人山人海在此遊賞，人羣穿梭在桃李林中，紅白相映，到暮春落英繽紛，眞是奇觀。當年子美日夕與田父野老往還親切，亦間或有友來訪，使子美心境較流離時期愉快爽朗。

未料到不久被大風吹毀茅屋，大雨又接踵襲來，子美整夜無法入睡，感慨萬千，寫下這首膾炙人口之《茅屋爲秋風所破歌》：

> 八月秋高風怒號，卷我屋上三重茅。茅飛渡江灑江郊，高者掛罥長林梢，下者飄轉沉塘坳。南村羣童欺我老無力，忍能對面爲盜賊。公然抱茅入竹去，唇焦口燥呼不得，歸來倚仗自嘆息！
>
> 俄頃風定雲墨色，秋天漠漠向昏黑。布衾多年冷似鐵，嬌兒惡臥踏裏裂，牀牀屋漏無乾處，雨脚如麻未斷絕。自經喪亂少睡眠，長夜霑濕何由徹。安得廣廈千萬間，大庇天下寒士俱歡顏。風雨不動安如山！嗚呼！何時眼前突兀見此屋，吾廬獨破受凍死亦足！

其實成都八月並不冷，由於屋漏雨，到處濕淋淋，不能入睡。「自經喪亂少睡眠，長夜霑濕何由徹。」家愁國憂，所遭受之種種痛苦，從風雨襲茅屋，擴大到戰亂頻仍。憂國憂民，如何能入寐？最後子美期望有千萬間大厦，供給天下無安身之寒士，有個固定住所，不再流浪，受淒風苦雨之折磨。如能實現我的理想，我就是孤獨的死在此破屋中，亦心滿意足，在這裏表現了他人溺己溺，人飢己飢，推己及人之胸懷。

代宗寶應元年（七六二）七月，杜甫五十一歲，甫避徐知道亂，徙居梓州、閬中等地。二年後嚴武任成都尹，子美重返成都草堂。在嚴提拔下擔任節度參謀，檢校工部員外郎，此爲後代稱其「杜工部」之由來。其在嚴幕下任職六個月參謀，卽辭歸草堂。子美自入蜀至他去夔州，五、六年間，前後兩次定居草堂，生活稍感安定，其他時間仍在流浪中度過。

永泰元年（七六五）四月高適去世，噩耗是自長安傳來。子美有《聞高常侍亡》：

> 歸朝不相見，蜀使忽傳亡，虛歷金華省，何殊地下郞。致君丹檻折，哭友白雲長，獨步詩名在，只令故舊傷。

杜甫與高適相識，較房琯爲早，從詩知道他哀傷之深。孰料不久嚴武亦卒，嚴爲一雄才，其第三次入蜀後，於廣德二年（七六四）七月率兵西征，九月破吐蕃七萬餘眾，攻下當狗城（在四川理番縣東南），十月又攻下鹽川城（在甘肅漳縣西北）。又遣漢州刺史崔旰（卽崔寧）於西山追擊吐蕃，拓地數百里。子美有《哭嚴僕射歸櫬》詩：

> 素幔隨流水，歸舟返舊京，老親如宿昔，部曲異平生。風送蛟龍匣，天長驃騎營，一哀三峽暮，遺後見君情。

詩中「老親如宿昔，部曲異平生」，悼死唁生，意謂有無限眼淚，自稱「部曲」表示自己爲屬下，子美當時在病中，故言「異平生」。末兩句「一哀三峽暮，遺後見君情。」子美之哀傷長久而深，耿耿難忘故人。兩年後子美在夔州作《八哀詩》，悼念其最尊敬之八位人物：王思禮、李光弼、嚴武、李璡、李邕、蘇源明、鄭虔、張九齡。在悼嚴武之詩中有：

> 諸葛蜀人愛，文翁儒化成。公來雪山重，公去雪山輕。

將嚴武比作諸葛亮，和漢武帝時使蜀郡文物開發起來之文翁。嚴武之來去，令蜀之崇山峻嶺爲之載輕載重。對嚴，可謂推崇備至。《八哀詩》中：「顏回竟短折，賈誼徒忠貞。」因嚴武早亡，又比之如顏回，比之以賈誼，反覆詠嘆，一往深情。詩末兩句「空餘老賓客，身上愧簪纓。」以老幕僚自居，是因嘗蒙嚴氏提拔成爲朝廷命官。

嚴武已逝，巴蜀動亂加劇，子美想離開巴蜀，此刻決心走，可是往何處安身？茫茫前途，因動亂又迫在眉睫，最後只好帶領妻兒擠上一條船，聽從命運之安排，遂寫《旅夜書懷》：

細草微風岸，危檣獨夜舟。星垂平野闊，月湧大江流。名豈文章著，官應老病休。飄飄何所似？天地一沙鷗。

此詩杜甫寫於唐永泰元年（七六五），開首寫夜景，微風輕拂江岸上之細草，豎著高桅之孤舟，在月夜孤零的停泊在江畔。此景正如其心境。深刻的表達出子美內心之孤苦。

他坐的船由岷江經嘉州，至渝州，下忠州到夔州（奉節縣），初抵奉節，住白帝城下之縣城中，此時正是大曆元年（七六六）春，暫寄寓奉節，受到都督柏茂琳之優待，尊為上賓，為子美安排住處，每月贈送銀物、蔬菜水果之類，故心境較舒暢。寫《秋興八首》，八首中其二為：

> 夔州孤城落日斜，每依北斗望京華。聽猿實下三聲淚，奉使虛隨八月槎。畫省香爐違伏枕，山樓粉堞隱悲笳。請看石上藤蘿月，已映洲前蘆荻花。

抒寫欲歸不得，空望那條繫在江邊之小舟，因孤單而感到夔州亦孤寂，景由情生、情由景發，頗有落日孤城之感傷。

唐代宗大曆五年（七七〇）子美流落在潭州（今湖南長沙），四月湖南兵馬使臧玠殺死潭州刺使崔瓘，一時社會混亂，子美在驚慌中帶領妻兒逃難到湖南衡陽。他一直在飄泊不定中生活，感到痛苦不堪，遂順郴水南下，擬在郴州（湖南郴縣）投奔舅父崔偉。此時子美健康情況已亮起紅燈，因長期度水上生活，風痺症轉劇，竟病倒在船中，病中寫《風疾舟中伏枕書懷三十六韻奉呈湖南親友》：

> 軒轅休制律，虞舜罷彈琴。尚錯雄鳴管，猶傷半死心。聖賢名古邈，羈旅病年侵。舟泊常依震，湖平早見參。如聞馬融笛，若倚仲宣襟。故國悲寒望，羣雲

慘歲陰。水鄉霾白屋，楓岸疊青岑。鬱鬱冬炎瘴，濛濛雨滯淫。鼓迎非祭鬼，彈落似鴞禽。興盡才無悶，秋來遽不禁。生涯相汨沒，時物正蕭森。疑惑樽中弩，淹留冠上簪。牽裾驚魏帝，投閣為劉歆。狂走終奚適，微才謝所欽。吾安藜不糝，汝貴玉為琛。烏几重重縛，鶉衣寸寸針。哀傷同庾信，述作異陳琳。十暑岷山葛，三霜楚戶砧。叨陪錦帳坐，久放白頭吟。反樸時難遇，忘機陸易沉。應過數粒食，得近四知金，春草封歸恨，源花費獨尋。轉蓬憂悄悄，行藥病涔涔。瘞夭追潘岳，持危覓鄧林。蹉跎翻學步，感激在知音。卻假蘇張舌，高誇周宋鐔。納流迷浩汗，峻址得嶔崟。城府開清旭，松筠起碧潯。披顏爭倩倩，逸足競駸駸。朗鑒存愚直，皇天實照臨。公孫仍恃險，侯景未生擒。書信中原闊，干戈北斗深。畏人千里井，問俗九州箴。戰血流依舊，軍聲動至今。葛洪屍定解，許靖力難任。家事丹砂訣，無成涕作霖。

最後一首詩是在舟中伏枕寫的：「故國悲寒望，羣雲慘歲陰。」又曰：「鬱鬱冬炎瘴。」復曰：「三霜楚屍砧。」仇兆鰲認為此詩寫於是年暮秋，子美自大曆三年(七六八)春出三峽至楚，至此已達三載。又曰：「葛洪屍定解。」詩意預知將去。仇兆鰲言編年者應以此詩爲絕筆。關於杜甫逝世時地，在新舊唐書本傳中，皆云子美夏日客耒陽，遊嶽廟，阻水旬日不得食，耒陽縣令備舟迎回，具酒肉以進，杜甫大酒，一夕卒，享年五十九歲，時爲大曆五年（七七〇）。而依據清代浦起龍、楊西河、仇兆鰲等所著《讀杜心解》、《杜詩鏡銓》、《杜詩詳註》之記載，亦皆云子美死於大曆五年暮秋。

談到子美之死因，宜根據其詩作考證，在《風疾舟中伏枕書懷詩》首兩句曰：「軒轅休制律，虞舜罷彈琴。尙錯雄鳴管，猶傷半死心。」詩中明言風疾，因患風疾敍起。仇氏注謂身疾而氣失調，故難製律鳴琴，錯管承律，傷心承琴，此解頗有根據。復云：「半死」，足見他是離耒陽北返時，風疾加劇，且有半身不遂之苦痛。子美於秦蜀時，已有肺病，到湖南後，長期居舟中，受到風濕，又加上風痺疾。在潭州時作一首《清明》詩曰：「此身漂泊苦西東，右臂偏枯半耳聾。寂寂繫舟雙下淚，悠悠伏枕左書空。」右臂偏枯，僅以左臂書空，此爲風痺疾患。「半耳聾」，其在蜀夔已有《耳聾》詩：「耳從前月聾。」又寫《江閣臥病寄崔盧兩侍御》詩：「衰年病祗瘦。」《潭州送韋員外》詩：「白首多年疾。」

《晚秋長沙蔡侍御飲筵殷六參軍歸澧覲省》詩：「湖南多不雪，吾病得淹留。」《送趙十七明府之縣》詩：「臥病卻愁春。」《逃難》詩：「已衰病方入。」子美自到湖南後，談到病的詩很多，再加生活無定所，多半在逃難憂傷中，衣食不足，缺乏營養，病人需要營養，補充體力，病中營養不足，衰弱之病體，當然日益惡化，幸而子美尚知醫術，能對症下藥，否則恐怕活不到五十九歲。

又據《風疾舟中書懷》詩，既言「行藥病涔涔」，又云：「瘞夭追潘岳，持危覓鄧林。」病中服藥，汗流涔涔，尚能忍渴冒險，以尋瘞夭之所。後云：「蹉跎翻學步。」可知力疾扶行，行走之艱難情況。至耒陽後，荒江阻水，歷五日，饑疲病苦，可想而知。又曰：「北歸衝雨雪，誰憫敝貂裘。」更了解子美饑寒交迫之慘狀，如何不加重病勢而亡於旅途中？其最後之《伏枕書懷》詩謂：「葛洪尸定解。」自料必死，無幸免機會，根據上情，可斷定其死是因長期在病魔折磨下死去。子美之死因，雖其說不一，但上說比較近情理。

此詩寫成不久，卽悄然離開這令他苦痛的世界。是年冬，卒於潭岳舟中，距生於唐睿宗先天元年（七一二），享年五十九歲。妻楊氏，二子，長子宗文、小名熊兒，次子宗武。死後因無埋葬費，停柩岳州。至四十四年後，唐憲宗元和八年（八一三）宗武子嗣業，經多次籌措。始將祖父遺柩運回偃師，葬於首陽山下杜審言墓側。運柩時路過荊州，遇到詩人元稹，請爲誌墓，元稹撰誌稱：「自有詩人以來，未有如子美者。」後代卽以其評語爲定論。

二、杜甫的家庭

妻子

杜甫娶妻楊氏，元稹《杜工部墓誌銘》說：「夫人弘農楊氏女，父曰司農少卿怡，四十九年而終。」子美與楊氏結婚年月日，詩集與史傳中皆未曾記載，無資料考證。據《橋陵詩三十韻因呈縣內諸官》：「荒歲兒女瘦，暮途涕泗零。」此是子美四十三歲寫的。再看《自京赴奉先縣詠懷五百字》：「老妻寄異縣，十口隔風雪。誰能久不顧，庶往共飢渴，入門聞號咷，幼子飢已卒。」此時杜甫四十四歲。《得家書》：「熊兒幸無恙，驥子最憐渠。」子美四十六歲作。《北征》：「平生所嬌兒，顏色白勝雪。見耶背面歸，垢膩脚不襪。牀前兩小女，補綻才過膝。」從以上的詩中知道，子美至少有三男二女，除幼子因飢已卒外，推測子美與楊氏三十多歲結婚。天寶十三年，杜甫四十三歲秋，長安淫雨成災，米穀欠收，關內大飢荒，故將家眷送到奉先，居於縣廨。次年冬季安史叛亂，天寶十五年五月，因潼關戰事緊急，子美再携眷自奉先遷往白水，依舅父崔頊。不久白水又失陷，子美只有在難民行列中向北流亡。

子女

杜甫三男三女，第三個男孩因飢餓死亡，長子名宗文，乳名熊，次子名宗武，乳名驥，尚有三女。據施鴻保《讀杜詩》曰：「謂公出峽時，以讓西果園贈之吳南卿，吳乃公之壻云。」果如其所云，吳或爲長女所嫁者。子美對子女，關懷異常，當其回奉先見幼兒因飢而夭折，悲痛慚愧至極：「入門聞號咷，幼子飢已卒。吾寧捨一哀，里巷亦嗚咽。所愧爲人父，無食自夭折」（見《自京赴奉先縣詠懷》)。當飢荒逃難與漂泊秦州時，子女正在童年時期，其忍飢挨餓的情狀，令人一灑同情淚，如《北征》：「平生所嬌兒，顏色白勝雪，見耶背面啼，垢膩脚不襪。牀前兩小女，補綻纔過膝」，又如《彭衙行》：「癡女飢咬我，啼畏虎狼聞。懷中掩其口，反側聲愈嗔，小兒強解事，故索苦李餐。」夫婦與五個子女已在飢餓死亡之邊緣掙扎。子美雖不是高官厚祿之大官，一個小官至少應該可養活兒女，生活在那不幸的時代，連這點起碼的願望都難以實現。

弟妹

要知道子美有多少弟妹，必須自其詩集中考證，在他詩集中可查出子美有四個弟弟，依長幼排爲杜穎、杜觀、杜豐、杜占，但由大曆二年子美詩《第五弟豐獨在江左近三、四載寂無消息覓使寄此二首》所言，子美似有六個弟弟。一位妹妹不知何名，僅知嫁到九江郡鍾離韋家。

杜甫三十歲寫《臨邑舍弟書至苦雨》詩：

二儀積風雨，百谷漏波濤。聞道洪河坼，遙連滄海高。職司憂悄悄，郡國訴嗸暬。舍弟卑棲邑，防川領簿曹。尺書前日至，版築不時操。難假黿鼉力，空曠烏鵲毛。燕南吹畎畝，濟上沒蓬蒿。螺蚌滿近郭，蛟螭乘九皐。徐關深水府，碣石小秋毫。白屋留孤樹，青天失萬艘。吾衰同泛梗，利涉想蟠桃。賴倚天涯釣，猶能掣巨鼇。

四十六歲寫《元日寄韋氏妹》詩：

近聞韋氏妹，迎在漢鍾離。郎伯殊方鎮，京華舊國移。秦城回北斗，郢樹發南枝。不見朝正使，啼痕滿面垂。

四十六歲寫《得舍弟消息二首》詩（與杜穎詩）：

近有平陰信，遙憐舍弟存。側身千里道，寄食一家邨。烽舉新酣戰，啼垂舊血痕。不知臨老日，招得幾時魂。

汝懦歸無計，吾衰往未期。浪傳烏鵲喜，深負鶺鴒詩。生理何顏面，憂端且歲時。兩京三十口，雖在命如絲。

四十八歲寫《憶弟二首》（與杜穎詩）：

喪亂聞吾弟，飢寒傍濟州。人稀書不到，兵在見何由。憶昨狂催走，無時病去憂。卽今千種恨，惟共水東流。

且喜河南定，不問鄴城圍。百戰今誰在，三年望汝歸。故園花自發，春日鳥還飛。斷絕人烟久，東南消息稀。

四十八歲寫《月夜憶舍弟》詩：

戍鼓斷人行，邊秋一雁聲。露從今夜白，月是故鄉明。有弟皆分散，無家問死生。寄書長不達，況乃未休兵。

五十二歲寫《舍弟占歸草堂檢校聊示此詩》：

久客應吾道，相隨獨爾來。熟知江路近，頻爲草堂廻。鵝鴨宜長數，柴荆莫浪開。東林竹影薄，臘月更須栽。

五十六歲寫《舍弟觀歸藍田迎新婦示兩篇》：

汝去迎妻子，高秋念卻回。卽今螢已亂，好與雁同來。東望西江永，南遊北戶開。卜居期靜處，會有故人杯。

由於戰亂兄弟離散各地，杜穎居齊州見上詩，代宗廣德二年，穎弟到成都相會，不久又返回齊州。杜觀與杜豐或流居於峽山以東，或居於陽翟，或居於藍田，子美跋涉於秦蜀湘湖間，唯有幼弟占與子美同行。韋氏妹嫁給九江郡鍾離。手足不能相聚，子美時懸繫於心，尤其在安史叛亂期間，兄弟隔絕，消息杳然，生死難測，益使子美興起：「干戈猶未定，弟妹各何之。拭淚沾襟血，梳頭滿面絲。」「海內風塵諸弟隔，天涯涕淚一身遙。」之感嘆，杜甫仁愛，對家人皆有深厚之情感與關愛，但卻無力照顧他們，是他一生極大的遺憾。

三、杜甫的思想

儒

杜甫的思想雖以儒家爲主，但對道佛的信仰亦深。其在二十歲前，甚少外出作其他活動，專心讀書，所研讀的多爲儒典，自幼庭教，亦爲儒家思想，受儒學薰陶，植基深厚。如「自先君恕預以降，奉儒守官，未墜素業矣」（《進雕賦表》）。又「吾祖也我知之，遠自周氏，迄於聖代，傳之以仁義禮智信，列之以公侯伯子男」（《唐故萬年縣君京兆杜氏墓誌》）。又《奉贈韋左丞丈二十二韻》：「紈袴不餓死，儒冠多誤身。」他是說：這個社會是個反常的社會，那些紈袴子弟們，整日悠悠蕩蕩，無所事事，反而不會餓死，而我們這些讀書人，卻大半要耽誤了自身，此為不平之聲。又「致君堯舜上，再使風俗淳」（《奉贈韋左丞丈二十二韻》）。他是說：希望入京，步上青雲，然後有條件輔佐君上，使他的政績超過唐堯、虞舜，再令江河日下之風俗，返樸歸淳。此為杜甫生平志向與抱負，希望使國君成為從來未有之仁君，使百姓過太平生活，這就是儒家仁君愛臣之思想。

《醉時歌》：「儒術於我何有哉？孔丘盜跖俱塵埃。」是說儒家之術對我們曾有過什麼用？至聖先師孔子，還不是與盜跖一樣，都化成灰土與塵埃！為儒學太息，也是牢騷語。《茅屋為秋風所破歌》：「安得廣厦千萬間，大庇天下寒士俱歡顏。」子美是說：我多麼希望有千萬間大厦，讓天下無處安身的貧苦讀書人有個住所，不再受淒風苦雨之災難。這就是儒家仁愛精神。《詠懷古跡五首之二》：「搖落深知宋玉悲，風流儒雅亦吾師。」言宋玉在政治上之不得志，但文學卻格高，堪為我師。

杜甫仕途不順，無法實現「致君堯舜上，再使風俗淳。」與「安得廣厦千萬間，大庇天下寒士俱歡顏」之助賢君治國，使人民安居樂業之理想，但他的內心永遠有一股儒家仁愛之精神。

道

杜甫年長後，對於道教、佛教亦有相當信仰。天寶三年(七四四)，子美三十三歲，與李白相識之前，就有求仙訪道之志願與行動，晚年作的自傳詩《壯游》中有下面幾句：「東下姑蘇臺，已具浮海航。到今有遺恨。不得窮扶桑。」說明在開元十九年（七二一），南遊吳越，準備浮海，去尋海上之仙山—扶桑三島。而此願望未能實現，一直到暮年還認爲遺憾。這不是受李白的影響。子美將要逝世那年，在湖南作了一首《風疾舟中伏枕書懷》詩，詩的最後四句：「葛洪尸定解，許靖力難任。家事丹砂訣，無成涕作霖。」子美相信煉丹修道之葛洪(抱朴子)八十一歲死時一定是「尸解」了。葛洪煉成金丹，因而成仙，而自己丹砂未鍊成，成仙無望，故不得不痛哭流淚，如霖雨一般，可見子美對道家信仰之迷戀。子美求仙訪道早在與李白相遇之前，他迷信道教，至死不渝，更篤於李白。

最早有一首詩《贈李白》，此詩中敍述到兩人對道教之關係：「二年客東都，所歷厭機巧。野人對腥羶，蔬食常不飽，豈無靑精飯，使我顏色好？苦乏大藥資，山林迹如掃。李侯金閨彥，脫身事幽討。亦有梁宋游，方期拾瑤草。」此詩說明在與李白相遇之前，自己早有意願求仙訪道，而所苦是缺少辦「大藥」之資金。所謂「大藥」，即自水銀礦之丹砂中提煉出來之金丹，服食後卽可成仙人，長生不死，遨遊太虛。李、杜相遇之後，深感志同道合，子美想煉「大藥」，李白想「拾瑤草」，「瑤草」卽靈芝草。此物道家認爲服食可延年益壽，但不易採到，「靈芝」與「丹砂」效果相同，子美後半生都在追求，在他詩中留下不少自白，如「濁酒尋陶令，丹砂訪葛洪」（《奉寄河南韋尹丈人》），「交趾丹砂重，韶州白葛輕。幸君因估客，時寄錦官城」（《送段功曹歸廣州》），「我欲就丹砂，跋涉覺身勞。安能陷糞土？有志乘鯨鰲。或驂鸞騰天，聊作鶴鳴皋」（《送王砅使南海》）。

杜甫迷戀於道教原因有二：㈠受時代之影響，唐朝之統治者姓李，當時將老子李耳，所謂「李老君」奉爲鼻祖。極力推崇道教是唐玄宗李隆基，他更是迷信神仙符籙之糊塗大仙，其尊號爲「玄宗至道大聖大明孝皇帝」。生在如此時代之知識份子、士大夫階級，無論期望出仕或隱居，都會受到時代潮流之影響。㈡個人關係，他一生憂怨，他是千里馬，始終未遇到伯樂，想爲國效忠，爲民造福，始終找不到機會，當失望之際，即想逃避現實，亦即出世。又因他自幼多病，希望能找到「靈芝草」與「丹砂」，可延年益壽，達到他的抱負。

釋

子美不僅信仰道教，還信仰佛教，也是受時代思潮之影響。唐帝儘管推崇老子，自南北朝以來日益興盛之佛教，又經過武則天之大力扶植，確實達到信佛之頂峯。玄宗注《孝經》、《道德經》、《金剛經》，儒、釋、道三家，其認爲三位一體。在這種情形下，想不受佛教之影響是不可能的。

杜甫詩集中《游龍門奉先寺》，一般編年體者，多列爲是第一首詩，注家認

爲詩寫於開元二十四年(七三六),子美二十五歲,詩的內容如下:

> 已從招提游,更宿招提境。陰壑生虛籟,月林散清影。天闕象緯通,雲臥衣裳冷。欲覺聞晨鐘,令人發深省。

「陰壑生虛籟,月林散清影」此二句蘊含著充份之禪味,「欲覺聞晨鐘,令人發深省」,眞像出家和尚之作品。表達出如此深厚之佛教情緒,證實他與佛教發生過因緣。龍門奉先寺爲武則天捐款二萬貫,於唐高宗調露元年(六七九)開鑿建成的,寺現在已毀,但石窟與佛像猶在,保存得完好,是龍門一帶最大之石窟,佛像雄偉。事實上杜甫也是一位禪宗信徒,有詩爲證,如《夜聽許十一誦詩》:

> 許生五臺賓,白業出石壁。余亦師粲可,身猶縛禪寂。

在這首詩中,子美交代的很明顯。白業是佛語,根據《翻譯名義集》:「十使十惡,此屬乎罪,名爲黑業。五戒十善,四禪四定,此屬於善,名爲白業。」

杜甫詩集中有一首五言百韻，長達一千字，其中亦敘述他與禪宗之關係，茲將其中《秋日夔府詠懷》之末尾幾句，略加析解。

> 本自依迦葉，何曾籍偓佺？爐峰生轉盼，橘井尚高褰。東走窮歸鶴，南征盡跕鳶。晚聞多妙教，卒踐塞前愆。顧愷丹青列，頭陀琬琰鐫。眾香深暗暗，幾地肅芊芊。勇猛為心極，清羸任體孱。金篦空刮眼，鏡象未離銓。

詩中典故太多，詩意晦澀，大意是，子美承認他是眞正之佛教徒（「本自依迦葉」，迦葉是佛教三十五祖之首）。他雖亦信仰道教，而無入道籍（「何曾籍偓佺」，偓佺是能飛行之仙人，代表道家），「爐峰」卽指廬山香爐峰。「爐峰生轉盼」言佛教之淨土近在咫尺。「橘井尚高褰」謂道家之修積，高遠不可攀。從這首詩中，知他是一位禪宗教徒，是毫無疑問的。由他的詩中可看出他信道教，亦信佛教，主要是由於他在現實上是空白，生活又孤苦，又多病，無所寄托，唯有尋找精神安慰。何以他對佛教信仰較深？原因是道教想尋靈芝草、丹砂不易，也就是變仙人難，而佛教卽在咫尺，卽刻就得到精神寄托，可減少一部分憂國憂民之痛苦。他的思想如可分作等級，可以說儒爲主，佛次之，道又次之。

四、杜詩成就的因素

歷來之文學評論家對杜詩之成就，莫不稱頌爲唐代第一位大詩人，細加研究，其成就之因素，有下列幾項：

㈠杜甫二十歲以前很少外出活動，一直在家讀書、練字。其研讀之範圍，接受之基本教養，多屬儒家，他本性就具有儒家之仁愛精神，故其關懷面極廣：如國家之戰亂，社會之凋敝，人民之飢苦，家人之離散，任何階層的痛苦，他都感受得到，也願爲人分擔一份苦難。他見到唐玄宗爲拓展疆土，東征西討，對外連年戰爭，對內橫徵暴歛，百姓生活在水深火熱中，國勢日見衰頹，結果造成安史叛亂，長安淪陷，子美曾身臨其境，在逃難之行列中，親嘗到難民之苦痛，故其安史亂後之作品，多寫憂國憂民，感傷離鄉背井，到處飄泊之情景與襟懷。

㈡杜甫接觸面廣：他是官宦家庭子弟，其祖先雖非高官顯貴，但他明瞭宮廷中之生活，亦目睹唐代盛世之繁華，又眼見社會之混亂，民生之窮困，友人之生離死別，故其詩能表達各階層之血淚，和感人之力量。

㈢因家世之影響：其遠祖杜預註過一部《左傳》，是一部權威著作，流傳至今。其祖父杜審言又是武后、中宗時代之大詩人。審言之五律句法嚴整而有變化，又長於作排律，如《送崔融二十韻詩》，沈雄開闔，用事典麗而切當，實開杜詩長律之先河。宋人詩話常說杜詩句法，出於乃祖。如：「自審言已自工詩，當時沈佺期、宋之問等，同在儒舘交游，故杜甫律詩布置法度，全學沈佺期，更推廣集大成耳」（《杜工部草堂詩話》卷二引《詩眼》）。黃魯直言杜子美之詩法出於審言。前書引《後山詩話》杜審言詩，有「綰霧青條弱，牽風紫蔓長」，又有「寄語洛城風月道，明年春色倍還人」之句，子美「林花著雨臙脂落，水荇牽風翠帶長。」「傳語風光共流轉，暫時相賞莫相違」，雖不襲其意，而語脈益有家法矣（錢註杜詩引《塵史》）。杜審言有一首《和李大夫嗣眞奉使存撫河東》詩中如「明堂唯御極，淸廟乃尊先」，子美亦常用此古拙之句。其詩通首轉折廻旋，裁縫甚密，長律之法無不備，而氣象森嚴。子美長律，多似其筆法，可見子美詩確受家學之影響，可以說有天才卓越之先祖，才孕育出這麼一位後代大詩人。

㈣生活刺激：影響子美詩風的是社會環境，國家多難，本身貧困，外界之刺激，內心之孤苦，常能促進心理意識活動。《毛詩》大序曰：「治世之音安以樂。其政和；亂世之音怨以怒，其政乖；亡國之音衰以思，其民困。」生活在太平盛世，生活豐裕，心情自然和悅，寫出之作品，自然安雅和平；在亂世作出之詩文，情調難免是憤恨，憂鬱煩惱。

㈤就作品數量來看：唐朝是詩的黃金時代，根據淸聖祖乾隆敕撰《全唐詩》計四萬八千九百餘首，詩人二千三百餘。杜詩現存之數目，古今體合起來，共一千四百五十七首，其中五律佔六百二十七首，幾乎佔全詩之二分之一，其中一部份是安史前之作品，一部份是安史亂後之作品。與同時代人相比，李白九百七十五首，補遺二十首，孟浩然二百六十二首，王維四百三十二首，白居易三千餘首。除白居易外，無超過杜甫者，詩量之多寡，雖不是詩優異之主要條件，亦不能據之評斷一個詩人之成就，但子美一生確將心力全投入作詩上，始有如此卓越之成就。

㈥就作品之體裁來講：杜詩中古詩四百一十四首（五古二百六十八首、七古一百四十六首），律詩九百一十首（五律六百四十四首、七律一百五十九首、五排一百零二首、七排五首），絕句一百三十八首（五絕三十一首、七絕一百零六首）。其詩各體具備，其他詩人，往往專精一種體裁，如孟浩然、王維專精五言（律詩、絕句），李白長於歌行、絕句。而《杜詩鏡詮》周樽序言曰：「少陵詩兼綜眾體，冠絕古今」實不誣也。

杜詩工穩謹嚴，在他的詩集中，屬偶設對，在五律、七律中，頷聯與頸聯對仗是常規，有的詩子美三聯皆對偶，即使是長篇排律，亦屬對精切。不僅詞性相對，單詞對單詞，複詞對複詞，而且在名詞中尙分人名、地名、朝代名、時令、天文、地理、宮室、器皿、形體、動物、植物、干支、方位、人事等，在形容詞中又細分出數目、顏色等，以與其他形容詞有分別。然在細目求對仗，是工穩之對偶。子美詩藝價值高就在此。

各代詩家對杜詩各體之頌揚，實無法一一錄舉。唯在各體中絕句讀來似較李白、王昌齡等稍有遜色，比其他各家，絕無減色。但七排是子美前無古人之創作。

五、杜詩的特色

(一) 工於用字

杜甫有一種突出之技巧，即精於詩之用字，常以極簡約之句、極通俗之語，將無限之情感，抒寫得極深刻動人，雖無李白：「一斗詩百篇」之才智，而其詩皆出於功力，故曾自評曰：「爲人性僻躭佳句，語不驚人死不休。」又曰「新詩改罷自長吟。」其所用之字極易明瞭，且用韻自然自由，不受文字之束縛，可謂奇闢獨造，別開新面貌，又善抒情，梁啟超推他爲情聖，在《情聖杜甫》一文中稱杜甫之情感內容「是極豐富的、極眞實的、極深刻的，他表情之方法，又極熟練，能鞭辟到最深處，能將他全部完全反映，不走樣子，能像電氣一般，一振一盪的打到別人的心絃上，爲中國文學界寫情聖手，沒有人與他相比，所以叫他做情聖。」此種評語，也是別開生面的。

（二）善於借景物寄意

杜甫詠物詩，看字面是直接詠物，其實是另有所寄托，寄興深遠，如細加體悟，始了解其絃外之音，言外有意。如《野望》：「金華山北涪水西，仲冬風日始淒淒。山連越嶲蟠三蜀，水散巴渝下五溪。獨鶴不知何事舞，飢烏似欲向人啼。射洪春酒寒仍綠，目極傷神誰爲携。」看來明明是寫景，詩中「獨鶴不知何事舞，飢烏似欲向人啼」實際是子美寫自己之處境，獨鶴比喻自己孤棲無伴，飢烏比喻自己之貧困無助。此爲情景交融，藉物抒情。

《蜀相》：

丞相祠堂何處尋，錦官城外柏森森。映階碧草自春色，隔葉黃鸝空好音。三顧

> 頻煩天下計，兩朝開濟老臣心。出師未捷身先死，長使英雄淚滿襟。

表面看來，前四句是描寫諸葛亮廟中景物，後四句是寫武侯心事，爲先主與後主兩朝，開國與輔助，全靠他一片忠心，結果討魏失敗，而自己又先死，感懷實深。其實子美是居今懷古，看到祠堂荒涼，又失修。如「自春色」「空好音」，春天到來，一片碧翠之春草，黃鸝在樹間唱出婉轉悅耳之歌聲而無人欣賞，子美是爲武侯及人世滄桑而感歎。

杜甫詠馬詩，一是詠眞馬，一是詠假馬，卽畫馬，首先看他詠眞馬詩：如《胡馬》云：「所向無空濶，眞堪託死生。驍騰有如此，萬里可橫行。」《高都護驄馬行一則》云：「此馬臨陣久無敵，與人一心成大功。」又云：「腕促蹄高如踣鐵，交河幾蹴曾冰裂。五花散作雲滿身，萬里方看汗流血。」描述此馬有功行陣，不忘戰伐，及其形相精力，非常出色。末段云：「長安壯兒不敢騎，走過掣電傾城知。青絲絡頭爲君老，何由卻出橫門道。」王嗣奭云這首詩乃「與人一心成大功。」此盛讚馬德，堪託生死，寫馬卽所以喻人：交到有道義之友，有難可同生死；結交到無道義之友，福樂則相親，患難則分手。

再看他的畫馬詩，亦同樣精妙，《天育驃圖歌》云：「是何意態雄且傑？駿尾蕭梢朔風起。毛爲綠縹兩耳黃，眼有紫焰雙瞳方。矯矯龍性含變化，卓立天骨森開張。」描繪畫中之馬，何等雄偉，尾更撫圖興歎云：「年多物化空形影，嗚呼健步無由騁。如今豈無腰褭與驊騮，時無王良伯樂死卽休！」言知馬者難，是感傷自己未曾遇到伯樂。

(三) 努力創新

杜甫各體詩皆是創作，全然不落於古人窠臼。他以時事入詩，議論入詩，使詩散文化，使詩擴大境界；又講究律詩之變，以表達各種新題材。子美詩是多方面的，各種形式對他毫無限制，相反的，他使每種形式在他筆下皆得到新的發展，發揮他最大之功能。在五古中善於記載個人流亡，艱苦之行程，社會之現象，人民貧苦之生活及許多富於戲劇性之對話與表情，寫得如照像機拍下來那麼逼眞，令人讀來如親自目睹，語調又是那麼自然，如《羌村》、《石壕吏》、《新婚別》等詩，卽是顯例。他在七言中最長於抒寫他豪放與沉痛之情感，以及時代與政治之意見。五律、七律，在唐代很少詩人能超過他，堪稱獨步。其深厚之感情於五律中得到凝鍊，在七律中得到充量之發揮。如《春望》與《聞官軍收河南河北》，是最好的例子。

杜甫於五、七古，甚至在一部分律詩中大量提鍊出百姓日常語言，蓋欲細膩的敍述人民的生活，抒寫百姓之感情，唯有用平淺自然之語言始表達得眞切，故讀子美這類詩，格外感到舒暢親切。另一方面，他又採用大量古語，此等古語自六朝以來即融化於詩歌中，已僵化變質，一到子美之筆下，便得到新的生命。此外方言、俗語以及民間流行之諺語，亦常被子美轉化爲詩中之警句。

(四) 特重於時代感

杜甫二十歲前，閉門讀書，涉獵極廣，所接觸的多是儒家正統思想，受儒學薰陶極深；本性又仁厚，似乎他天性即有「泛愛」精神，如《瘦馬行》詩：「見人慘澹若哀訴，失主錯莫無晶光，天寒遠放雁爲伴，日暮不收烏啄瘡，誰家且養願終惠，更試明年春草長。」眞是淒慘動人。一匹久經戰陣之駿馬，如此之殘酷糟蹋，使子美才寫出如此哀憐動人之詩篇，從此詩可看出他那份仁民愛物之善心。

當他目睹玄宗爲拓展國土，東征西討，驅逐人民赴戰場作戰，與家人生離死別之慘況，他痛恨到極點，但他除以詩發抒內心之感傷外，又能奈何？

當開元由盛入衰之際，政治、社會上存有太多不合理之事，宮廷內部腐化，如《麗人行》：「三月三日天氣新，長安水邊多麗人，態濃意遠淑且眞，肌理細膩骨肉勻，繡羅衣裳照暮春，蹙金孔雀銀麒麟，頭上何所有？翠爲匐葉垂鬢脣。背後何所見？珠壓腰衱穩稱身。就中雲幕椒房親，賜名大國虢與秦。紫駝之峰出翠釜，水精之盤行素鱗，犀筯厭飫久未下，鸞刀縷切空紛綸。……」如此窮奢享樂，風暴即將來臨之氣氛，宮中上下似皆無知覺，仍酒池肉林，盡情歡樂，一個富有時代感的詩人能不悲憤？《自京赴奉先縣詠懷五百字》有云：「窮年憂黎元，歎息腸內熱？」人皆稱子美忠愛成性。

自天寶十四年（七五五）杜甫四十四歲，安史叛變，他的作品憂國憂民，從一個太平盛世，一變而成混亂社會，大多數人民皆陷於水深火熱中，子美的詩就充分的反映了這個時代。因爲他的詩具有高度之時代感，故被稱爲「詩史」，其詩不僅有文學價值，且有社會意義。由於他忠於人生，忠於藝術，以全生命表現於詩的藝術，而終以藝術服務人生。一般詩人當國難臨到時，或只顧自己之安全，不念大眾之苦難，自無法使個人之憂患與國族之苦難融而爲一。而子美則不然，他整個精神皆關注到國家命運，人民飢苦，使個人對時代之感受，完全融入詩歌中，也成爲杜詩之一大特色。

第二編　杜詩品評

第一期（公元七三二—七四六）

《飲中八仙歌》

知章騎馬似乘船，眼花落井水底眠。汝陽三斗始朝天，道逢曲車口流涎，恨不移封向酒泉。左相日興費萬錢，飲如長鯨吸百川，銜杯樂聖稱避賢。宗之瀟灑美少年，舉觴白眼望青天，皎如玉樹臨風前。蘇晉長齋繡佛前，醉中往往愛逃禪。李白一斗詩百篇，長安市上酒家眠，天子呼來不上船，自稱臣是酒中仙。

> 張旭三杯草聖傳，脫帽露頂王公前，揮毫落紙如雲煙。焦遂五斗方卓然，高談雄辯驚四筵。

這首歌行體詩，杜甫作於唐玄宗天寶五年（七四六），丙戌，時子美三十五歲。此詩主旨是描繪八個酒仙酒後之形貌與性格，風格有如電視劇，描寫極生動，八位同一時代，皆曾住長安，又都好酒，豪放，曠達不拘小節，子美以人物速描手法，將八位聚在一首詩中，不僅栩栩如生，且妙趣橫生。

第一位出場者爲賀知章，其年齡最長，賀自稱四明狂客，詩人，官至秘書監。天寶初年上疏請度爲道士，歸隱山林。在長安居住時，嘗「解金龜換酒爲樂」（李白《對酒懷賀監序》）。子美寫他酒醉後，騎在馬上之姿態，晃晃蕩蕩，如坐小舟，醉眼朦朧，脚站不穩，一不小心跌落在井中，竟然就在井中熟睡不起。

第二位出場者爲汝南王李璡，爲唐玄宗之姪，子美到長安初，嘗在其府中作客。斗：大酒器。朝天：即上朝。曲：本解作酒母，此處作「曲車」解，泛 酒車。李璡曾被寵過一時，所謂「主恩視遇頻」、「陪比骨肉親」（杜甫《贈太子太師汝陽郡王璡》），故敢飲酒三斗去朝見皇帝。璡嗜酒已超出常情，路上見到酒車，竟然口水直流，恨不將自己的封地遷到酒泉（今甘肅）去。

第三位出場者爲左丞相李適之，適之在天寶元年（七四二）代牛仙客爲左丞相，極好賓客，夜常設宴飲酒，日揮萬錢，豪飲有如鯨魚呑吸百川之水。但好景不常，天寶五年（七四六）四月因受李林甫之排擠，罷相後居家與親友聚飲，雖酒興未減，但不免牢騷滿腹，李適詩云：「避賢初罷相，樂聖且銜杯。爲問門前客，今朝幾人來？」（《舊唐書·李適傳》），「銜杯樂聖稱避賢」即化用適之詩句。「樂聖」即喜飲清酒，「避賢」即不飲濁酒。據他罷官之事實，知「避賢」雙關，有諷刺李林甫之意。

第四位出場者爲崔宗之，是開元初年史部尙書崔日用之子，官侍御史。後貶官金陵。宗之是位瀟灑英俊之名士，倜儻豪放之少年。當他狂飲時，高舉酒杯，用白眼珠轉動仰望青天，睥視一切，旁若無人，子美以「玉樹迎風」形容宗之美貌姿態，韻味耐人深賞。

第五位出場者爲蘇晉，曾任戶、吏兩部侍郎，及太子左庶子。其性格怪異，既吃長齋，復貪杯中物，故稱其愛逃禪，逃禪：指不守法戒。經常飲酒醉倒。在「齋」與「醉」之矛盾心理掙扎中，總是酒戰勝禪。故曰：「醉中愛逃禪」。描述出蘇晉因嗜酒而忘形，放縱無所顧忌之特性，寫得維妙維肖。

以上五個配角酒仙已表演完畢，下面是三位壓軸主角。

第六位出場者爲李白，據《唐國史補》載：「李白在翰林多沉飲，玄宗令撰樂詞，醉不可待，以水沃之，白稍能動，索筆一揮十數章，文不加標點。」錢謙益箋說：「玄宗泛白蓮池，命高力士扶白登舟，此詩證據顯然。趙次公云……夫天子呼之而不上船，正以扶曳登舟，狀其醉狂也。豈竟不上船耶？」詩酒與李白在生活上是分不開的，太白自己亦云：「百年三萬六千日，一日須飮三百杯」（《襄陽歌》），「興酣落筆搖五岳」（《江上吟》）。子美描寫太白之詩，如繪畫般將李白嗜酒之情狀與詩才充分表現出來。蓋李白喜豪飲，經常在長安市上酒家眠，習以爲常，早已不是新鮮新聞，至友杜甫亦不認爲他失態。「天子呼來不上船」，此句突然使李白的形象更加高傲奇特：李白酒後，益加豪氣縱橫，狂放不羈，卽使在天子之前，亦不會誠惶誠恐，且大呼「臣是酒中仙！」強烈表現出其無視於權勢之性格。

第七位出場者爲張旭，吳人，亦嗜酒，每大醉，呼叫狂走乃下筆，或以頭濡墨而書，世人呼之張顚。又因他是名草書家，故稱其爲「草聖」。其草書變化無窮，若有神助（《杜臆》卷一）。張旭於醉後，豪氣萬丈，絕妙之草書卽從他筆尖下流出。其狂態不遜於李白，在顯貴權勢者面前，從未畢恭畢敬，且隨便脫下帽子露出頭頂。但奮筆急書，筆走如龍蛇，字跡如雲煙般飄逸自如。杜甫描述張旭之狂放不羈，傲世獨特之性格特徵，可謂精妙逼眞。

最後出場者爲焦遂，據《唐史拾遺》：「遂與李白號稱酒中八仙，口吃對客不出一言，醉後酬答如注射，時目爲酒吃」。又根據袁郊《甘澤謠》曰：「遂乃布衣並無任何官職，但常與一些詩友相往還，或共載遊山玩水。卓然，特殊，不同於眾。」「五斗方卓然」是形容他五斗酒下肚後，精神開始異常，高談濶論，滔滔不絕與人雄辯，驚動席間在座諸公，每令人刮目相看。子美刻畫焦遂性格特點，著力渲染其卓越之見地及辯論口才，筆精細又謹嚴。

這首詩眞如妙趣橫生之電視劇，八個角色，表演技巧，皆極特異而動人。劇情幽默詼諧，色彩亮麗，旋律輕盈，情緒暢快。全詩在音韻上，一韻到底，一氣呵成，可稱爲是一首組織嚴密完整之歌行。每個酒仙自成一章，每個人物之性格特徵，如嗜酒皆相同，傲岸不羣，與世相違亦相似，八個人物構成一個整體，在詩之藝術上有獨創性，故王嗣奭曰：「此創格，前無所因。」

《贈李白》

秋來相顧尚飄蓬，未就丹砂愧葛洪。痛飲狂歌空度日，飛揚跋扈爲誰雄？

杜甫三十三歲，唐玄宗天寶三年（七四四）甲申，夏初遇李白於東都。秋遊梁宋，與李白高適登吹臺琴臺。曾渡黃河遊王室山，謁道士華蓋君，而此人已逝，引爲終身憾事。後至齊州訪北海太守李邕，十月初一與李白、高適同飲於李邕宅中。此首詩應寫於天寶三年，但仇兆鰲本題下引鶴注：「公與白相別，當在天寶四載之秋，故云：『秋來相顧尚飄蓬』，李集有魯郡（東）石門別公詩，亦當在秋時。」照上注此詩作於天寶四年秋。在現存之杜詩中，此爲最早之一首絕句。

葛洪東晉時人，好神仙異養之法，通煉丹術。據云越南出丹砂，求爲勾漏令。到廣州，停止在羅浮山煉丹。相傳丹成仙去。李白亦好神仙，嘗自煉丹藥。

「飛揚跋扈」錢謙益：「按李白性倜儻，好縱橫術，魏顥稱其眸子炯然，哆如餓虎。少任俠，手刃數人，故公以飛揚跋扈目之。」猶云：「平生飛動意」也。

首兩句杜甫有責老友李白之意：一年又屆秋風時節，相會時依然如飛蓬般到處浪遊，冶丹砂旣無成，愧對鍊丹有成之葛洪。三、四句說老友無度痛飲，狂熱高歌，虛度歲月，行爲橫肆不循軌度，豪氣萬丈，究爲誰如此雄橫？其實他是爲至友不平，嘆他遭時不遇，同時亦自嘆，因二人都懷才不遇。此詩可謂失意人對失意人，極盡人世之無奈！

《望嶽》

岱宗夫如何，齊魯青未了。造化鍾神秀，陰陽割昏曉。盪胸生曾雲，決眥入歸鳥。會當凌絕頂，一覽衆山水。

這首五律杜甫寫於唐玄宗開元二十三年（七三六）乙亥，年二十五歲。當時居東都洛陽，赴京兆長安貢舉不第，遂於趙、齊一帶漫遊，乃子美詩集中較早之一首。「嶽」指東嶽泰山，題爲《望嶽》，知子美僅是望，並未登上山。雖未登上山，憑詩人之想像力，照樣寫得逼眞如畫。開首「岱宗夫如何?」意識到子美一望見泰山時之興奮，似乎不知如何描繪其壯偉與久仰之心情，信手寫來，異常傳神。「岱」是泰山之別名，爲五嶽之首。故尊稱爲岱宗。「夫」爲語中助詞，此處宜作「此」、「其」解，此句「夫」字格外傳神，所謂傳神寫照。齊、魯：原爲春秋時代兩個國名，嗣後作爲各該地域之簡稱，皆在山東省。齊在泰山之北，魯在泰山之南。「青未了」是形容山之高聳寬濶，在齊、魯皆可望見其青色。「造化」指天地，大自然。鍾：集中，是言天地將大自然之神奇與靈秀均集中在泰山。陰陽：山南爲陽，山北爲陰。「割」：剖分。是言泰山之高峯，巍峨達雲霄，山陰山陽，明暗分明，面南向陽早曉，面北背日天昏。第五句之「盪胸」，遠望山中雲氣層生，使人爲之開懷愉悅。「曾」在此作層解。第六句之「決眥」：即極目細望，「決眥」裂開，「眥」眼眶。「歸鳥」：晚歸山林之鳥。第六句是敍述凝神遠望山中之飛鳥，又遠又小，收入眼簾，有眼欲裂開之感。第七句：「會當」即應當，「凌」：登，本作臨，是說將來一定要攀登到最高峰。第八句是說：登上去向下看，其他山一定特別小。最後兩句是由望山而產生登山之願望。

此詩是杜甫較早之作品，年輕時懷有大志，借歌頌泰山之雄偉，寫出自己之胸懷。

杜詩之特色，在度句洗鍊，對仗工整，如「盪胸」，「決眥」就對得十分工整，給讀者極深刻之印象。

《房兵曹胡馬》

胡馬大宛名，鋒稜瘦骨成。竹批雙耳峻，風入四蹄輕。所向無空闊，眞堪託死生。驍騰有如此，萬里可橫行。

唐玄宗開元二十九年（七四〇）辛巳，杜甫三十歲。正在漫遊齊、趙，飛鷹走狗，裘馬淸狂之一段時期中作此首詩。詩之風格超邁遒勁，生氣勃勃，反映出子美年輕時奮勇進取之精神。

首聯，頷聯描述馬之外形與動態。出產在大宛之汗血馬，素有「天馬」之名，瘦骨卽如有稜之刀鋒，全自然生成，兩耳如斜劈之竹簡，直挺豎起，又尖又峭；奔跑起來，四蹄如捲起之一陣旋風，勇往直前奔騰，又快又輕。馬以神氣淸勁爲佳，不在肥胖，而在動作敏捷。兵曹：官名，爲兵曹參軍之簡稱。唐代府之屬官都有兵曹參軍。大宛：漢西域國名（今蘇聯烏茲別克費爾干納盆地），產良馬。批：削。峻：尖銳。

頸聯，結聯讚馬之才，所向無前，不知有所謂空濶。無空濶：能越澗注坡。託死生：可臨危脫險。言馬才能卓越，正如一位忠實好友，勇敢之將士。末尾用有如此驍馬，總承上文對馬作概括之論，尾句「萬里可橫行」，內含無窮之希望與抱負，將意境開展得極深遠。此聯寓意在盼望房兵曹爲國立功。此自亦是子美之志向。盛唐時代國強，疆土廣濶，足以激發百姓之豪情壯志，一般高級知識分子也都想爲國立功，子美之不例外，由詩之豪氣可知。

此首五律，將人與馬合併抒寫，寫馬有人之性格，將馬擬人化。詠物詩極難精工，過於切題則常失眞實性而牽強，不切題則捕風捉影，又失詩之旨，此詩則無此弊。

《不見》

不見李生久，佯狂眞可哀！世人皆欲殺，吾意獨憐才。敏捷詩千首，飄零酒一杯。匡山讀書處，頭白好歸來。

這首五律杜甫作於唐玄宗天寶四年（七四五）乙酉，秋末子美至魯郡（卽兗州，天寶元年改稱魯郡），李白自任城來相會，並偕訪城北范十隱居，每日同遊。未久子美返洛陽，李白適遊江東，在城東石門分手，至寫此詩時，已十五年未見面，懷念之情極深。子美此時寄寓成都，或因傳聞李白被放逐，有感而寫，全詩文字平易，情感濃厚，頗爲動人。

起聯突然陡起，似乎蓄積已久之思念，如江河之潮水汹湧般沖上岸來，抒發出心中之懸繫。「不見」二字置於首句，表達出渴望見老友之強烈願望。當時有人造謠，傳李白每日裝瘋賣傻，詩中流露出對老友懷才不遇，疏狂自放之哀憐。

古代有賢士佯狂避世，如春秋時之接輿。太白嘗自命：「我本楚狂人」（《廬山謠寄盧侍御虛舟》），自稱爲狂人，因太白常以狂放不羈之態度發洩欲救世而不得之悲憤，正是其「可哀」之處。

李、杜眞摯之友情，於頷聯中有更進一步之抒展。「世人」指領導階層者，如永王璘一案，太白被誤解，其原意是爲助李璘勘亂而參加其幕府，孰料被人誤爲該殺的亂臣賊子。而子美獨憐其才，爲「世人」之例外。「憐」承上「哀」而來，「憐才」不僅指文學才華，亦包括對太白政治上受寃枉之同情。這類悲劇同樣在子美身上亦出現過，他當年因救房琯而被逐出朝廷，內心同樣感到不平，故「憐才」亦是「憐己」。二人都有出衆之才華，可惜無機會救國濟民，遭時不遇，因而更加相憐相愛。

頸聯兩句是對太白一生絕妙之形容，寫出一個天才詩人，飄泊天涯以酒相伴之失意形象，此聯依然寫老友之不幸，更深一層爲摯友不平。尾聯「匡山」指蜀北部綿州彰明之大匡山，李白少年時讀書於此，子美此時寄居成都，期盼李白回到四川，是情理中之事。此五律就章法分析，起首太息久不見，結尾盼相見，首尾呼應靈活，貫串清剴。

這首五律，最大特色是未跟老調走，不假景物裝點，不用艷麗之詞藻，以散文化之文字，傾吐其心曲，顯得感情更加深厚。胡應麟曰：「作詩不過情景二端，如五言律詩體，前起後結，中四句，二言景，二言情，此通例也」（《詩藪》）。杜甫往往打破此種傳統寫法，通篇一字不粘帶景物，而雄峭沉著，句律天然。

《春日憶李白》

白也詩無敵，飄然思不羣。清新庾開府，俊逸鮑參軍。渭北春天樹，江東日暮雲。何時一尊酒，重與細論文。

這首五律，杜甫寫於天寶五年（七四六）春，年三十五歲，自東京赴長安，與王維、岑參、鄭虔、汝陽王李璡、駙馬鄭潛曜（鄭虔之姪）等交游，此時懷念起李白作此詩。杜甫與李白是詩友，子美極欣賞太白之才華。

此詩首聯稱頌李白的詩，飄逸冠當代，詩藝無人敵，「也」、「然」二字語中助詞，增強讚美之語氣，提高「詩無敵」、「思不羣」之分量。頷聯稱讚其詩如庾信詩之清新，如鮑照詩之俊逸。庾、鮑皆南北朝時之名詩家。庾在北周官至驃騎大將軍、開府儀同三司（司馬、司徒、司空），故稱庾開府；鮑照劉宋時嘗任荊州前軍參軍，故稱鮑參軍。首、頷二聯，用筆勁拔，熱情充溢。頷聯對仗精工，如：「清新」對「俊逸」，「庾開府」對「鮑參軍」。頸聯是抒寫離情，以二人所居之地表達出來，「渭北」是指子美所住之長安一帶，「江東」是指太白漫遊之江、浙等地。「渭北」、「江東」看似寫得平淡無奇，但兩地懷念有無限思情，子美遙望南邊，唯見天邊一片向晚之雲海，太白舉首北望，僅見遠處綠油油之春樹，春樹點出題意是春日懷思。清代黃生云：「五句寓言己懷彼，六句懸度彼懷己。」頸聯中「渭北」對「江東」、「春天樹」對「日暮雲」，對得自然穩妥，皆經千錘百鍊，工穩無比。由於五、六句抒寫離情，自然引發尾聯之熱烈期盼相會。「何時」以詰問語氣，更了解子美盼望早相見之焦急。末兩句文雖盡，而情綿綿，讀後腦際回盪著子美無限思情。

全詩以「讚美」起，以「論文」結，由詩轉到人，由人又轉回到詩，轉折過接，自然優美。以「懷念」貫串全詩，以景色寄寓思情，筆法出神入化。子美史稱「詩聖」，恃功力之成果，太白史稱「詩仙」，憑天才而超羣。二人在唐詩作者中，光芒萬丈，永垂不朽，對後代影響至鉅。

第二期（公元七四六—七五九）

《北征》

皇帝二載秋，閏八月初吉。杜子將北征，蒼茫問家室。維時遭艱虞，朝野少暇日。顧慚恩私被，詔許歸蓬蓽。拜辭詣闕下，怵惕久未出。雖乏諫諍姿，恐君有遺失。君誠中興主，經緯固密勿。事胡反未已，臣甫憤所切。揮涕戀行在，道途猶恍惚。乾坤含瘡痍，憂虞何時畢。

靡靡逾阡陌，人烟眇蕭瑟。所遇多被傷，呻吟更流血。回首鳳翔縣，旌旗晚明滅。前登寒山重，屢得飲馬窟。邠郊入地底，涇水中蕩潏。猛虎立我前，蒼崖吼時裂。菊垂今秋花，石戴古車轍。青雲動高興，幽事亦可悅。山果多瑣細，羅生雜橡栗。或紅如丹砂，或黑如點漆。雨露之所濡，甘苦齊結實。緬思桃源內，益歎身世拙。坡陀望鄜畤，巖谷互出沒。我行已水濱，我僕猶木末。鴟鳥鳴黃桑，野鼠拱亂穴。夜深經戰場，寒月照白骨。潼關百萬師，往者散何卒。遂令半秦民，殘害爲異物。

況我墮胡塵，及歸盡華髮。經年至茆屋，妻子衣百結。慟哭松聲廻，悲泉共幽咽。平生所嬌兒，顏色白勝雪。見爺背面啼，垢膩脚不襪。床前兩小女，補綻才過膝。海圖坼波濤，舊繡移曲折。天吳及紫鳳，顚倒在短褐。老夫情懷惡，嘔泄臥數日。那無囊中帛，救汝寒凜慄。粉黛亦解包，衾裯稍羅列。瘦妻面復光，癡女頭自櫛。學母無不爲，曉粧隨手抹。移時施朱鉛，狼藉畫眉闊。生還對童稚，似欲忘飢渴。問事競挽鬚，誰能卽嗔喝。翻思在賊愁，甘受雜亂聒。新歸且慰意，生理焉得說。

至尊尚蒙塵，幾日休練卒。仰看天色改，坐覺妖氣豁。陰風西北來，慘澹隨回紇。其王願助順，其族善馳突。送兵五千人，驅馬一萬匹。此輩少爲貴，四方服勇澤。所用皆英騰，破敵過箭疾。聖心頗虛佇，時議氣欲奪。伊洛指掌收，西京不足拔。官軍請深入，蓄銳可俱發。此舉開青徐，旋瞻略恒碣。昊天積霜露，正氣有肅殺。禍轉亡胡歲，勢成擒胡月。胡命其能久，皇綱未宜絕。

憶昨狼狽初，事與古先別。姦臣竟葅醢，同惡隨蕩析。不聞夏殷衰，中自誅褒妲。周漢獲再興，宣光果明哲。桓桓陳將軍，仗鉞奮忠烈。微爾人盡非，於今國猶活。淒涼大同殿，寂寞白獸闥。都人望翠華，佳氣向金闕。園陵固有神，掃灑數不缺。煌煌太宗業，樹立甚宏達。

這首長篇的五言古詩，杜甫寫於唐肅宗至德二年（七五七）。詩內既提及「送兵五千人」，詩當寫於九月。但九月癸卯日（二十八日）大軍始入京，而此詩僅言「西京不足拔」，是西京尚未收復之際，據此當寫於九月二十八日之前。全詩共一百四十句，是以詩歌體向肅宗報告他歸鄉探親之所見所聞，此詩結構自然而精當，文筆樸實而有深度，洋溢著憂國愛民之情思，懷抱中興大業之期盼，反映出當時政治情勢，亦描述出現實社會種種，並代人民敍述出內心之情緒與期望。

《北征》詩，前賢評者甚多，茲摘錄數家如下：

蘇東坡曰：北征詩，識君臣大體，忠義之氣，與秋色爭高，可貴也。

范溫曰：孫莘老嘗謂，老杜北征詩，勝退之南山詩。王平甫以爲南山勝北征，終不能服。時山谷尚少，乃曰：若論工巧，則北征不及南山。若書一代之史事，與國風雅頌相表裡，則北征不可無，南山雖不作，無害也。二公之論遂定。

盧得水云：赴奉先及北征，肝腸如火，涕淚橫流，讀此而不感動者，此人必不忠。

李子德曰：上關廟謨，下具家乘，其材則海涵地負，其力則排山倒岳，有極尊嚴處，有極瑣細處。繁處有千門萬戶之象，簡處有急弦促柱之悲。

浦起龍謂：讀《北征》見杜子一腔血情。

皆深得詩旨，詩中敍事洋洋灑灑，言情沉痛熱情。

全詩分五大段，是子美自鳳翔行在，回鄜州探親時所著。由於鄜州在鳳翔東北，故曰北征。仇兆鰲注云：「漢班彪有《北征賦》，子美蓋採用其名，作爲詩題。

第一段，描述首途之時間、目的，頗似散文之前言。記敍自朝廷所在之鳳至杜甫居住之鄜州之歷程，及蒙皇上恩准歸鄉探親，辭別朝廷起程歸里之感觸，末兩句「乾坤含瘡痍，憂虞何時畢」，痛心山河破碎，深懷民生困苦，爲全詩反復咏歎之主題。

第二段，旅途流覽，田疇阡陌，人烟蕭索，一路所見傷患滿目，回顧行在，軍旗顯輝，穿越山巔，夜經戰場，所遇是戰爭之創傷，及苦難之現實，想到人生甘苦與身世浮沉，懷慮將帥失策與人民遭難。

第三段，寫景物極生動，異鄉奔波，對自己健康多所忽視，到家後，始察覺已白髮蒼蒼，見到茅屋失修，破爛不堪，妻子兒女皆敝衣補綴，見此情景，不禁痛哭失聲。再細看子女面有菜色，鶉衣僅及膝蓋，帶回數件衣物及被帳等物，使妻女可稍加裝飾，家中亦似增添些麗亮之氣氛。此景此情雖感到心酸，但總算能够團聚。

第四段，敍述皇帝避賊，離開京師，天天勤練兵卒，以備剿賊之需。未料回紇於至德元年，派其太子葉護率兵來協助討賊，肅宗大爲宴賞，並令廣平王與之結爲兄弟。回紇將卒，勇猛善戰，精於騎射，所向無敵。不久便收復洛陽，長安指日可待。唐將領官兵，商議相互策應，用夾攻戰略，先攻青州、徐州，再增兵力於河北、山西各地，以直搗安賊心臟地帶范陽，此策略與子美所見略同。

第五段，說明國之衰敗，由於權臣誤國，楊國忠與虢國夫人等恃裙帶關係，胡作非為，外弄國柄，內亂宮幃，正如妲己、褒姒之敗亡商周。幸肅宗明哲果敢，大將陳元禮誅殺楊國忠，縊死楊貴妃，其忠烈行為，終使唐復興。此時雖大同殿與白獸闥，仍被叛賊所佔據，但復興氣象，已瀰漫皇宮周圍，一旦國都收復，一定徹底清掃，消除匪賊惡氣，重振皇帝威風。最後兩句「煌煌太宗業，樹立甚宏達」。深信大唐基礎堅實，期盼肅宗能中興，此為貫串全詩之思想信念與衷心期望。

這首長篇五言古詩，亦可謂是一首政治抒情詩，這位忠心耿耿，憂國憂民之大詩人，用賦之筆法描述，既自然又恰當，確實如一篇陳情表，慷慨陳辭，長歌浩嘆，謹嚴寫實，所言有據，首尾圓合，從開首到結尾，對所見所聞，一一反映於詩中，對景抒情，運用比、興。充分發揮出賦之優點，亦顯出子美於詩歌藝術上之高度才華。

《新婚別》

兎絲附蓬麻，引蔓故不長。嫁女與征夫，不如棄路旁。結髮爲妻子，席不煖君床。暮婚晨告別，無乃太忽忙？君行雖不遠，守邊赴河陽。妾身未分明，何以拜姑嫜？父母養我時，日夜令我藏。生女有所歸，鷄狗亦得將。君今往死地，沉痛迫中腸。誓欲隨君去，形勢反蒼黃。勿爲新婚念，努力事戎行。婦人在軍中，兵氣恐不揚。自嗟貧家女，久致羅襦裳。羅襦不復施，對君洗紅妝。仰視百鳥飛，大小必雙翔。人事多錯迕，與君永相望！

唐肅宗乾元二年（七五九）杜甫四十八歲時之作品，是首古風敍事詩，寫於安祿山之亂時，戰禍帶給人民之痛苦。昨晚成婚，翌晨離別。徵去防守河陽，全詩均新娘別丈夫之語。子美「三別」中之《新婚別》是他精心塑造一個深明大義之少婦形象，此詩採用獨白形式，寫新婦向新郎傾吐心聲，讀後感人至深。

《新婚別》可分三段來分析，第一段自「兎絲附蓬麻」至「何以拜姑嫜」，主要是敍新娘自己命薄，從前與丈夫未見過面，未談過話，而今「暮婚晨告別」，連夫君之床都未睡暖，卽又告離別，未免過於忽忙，內心有無限悲傷。在封建社會中女子靠夫養活，可是新婦嫁給一位征夫，很難白頭偕老，所以用「兎絲附蓬麻」之比喩。「嫁女與征夫」，「不如棄路旁」，此兩句是加重之牢騷語。「結髮爲妻」以下七句中所謂「妾身未分明」，因依古禮，女人嫁三日，須告廟上墳，謂之成婚，婚禮旣明，名分始定。今結婚僅一晚，尚未完成婚姻程序卽告分別，故曰：「妾身未分明」，身份尚未定，如何去見公婆？侍奉翁姑？「君行雖不遠，守邊赴河陽」二句說明造成新婚別之主因是戰爭，也暗示統治階級之昏庸誤國，殘害蒼生，乃子美婉而多諷的筆法。

第二段新婦由自身轉到夫君身上，她關懷丈夫之生死，表示她對丈夫之愛，她要隨夫出征。回想在娘家，謹守閨中，從未在外活動過，如今我已長大，父母雖極疼愛我，但女大當嫁，「鷄狗亦得將」，傳統思想一個忠貞的女人，就要嫁鷄隨鷄，嫁狗隨狗。而今你要到九死一生的戰場，「君今往死地，沉痛迫中腸。」

我本決意隨你去，反復考慮，軍中不宜有年輕婦女，帶著妻子去從軍，諸多不便，眞是不知如何是好？此段自白，刻畫出新娘內心之沉痛，心理之矛盾，描寫得婉曲深刻。

第三段，新婦經過一番痛苦之掙扎後，一變哀傷沉痛之訴說，轉爲鼓勵丈夫，「勿爲新婚念，努力事戎行」，勸丈夫不要爲新婚妻子掛懷，放心的去殺敵。她爲使丈夫無牽無掛的去打仗，又說：她是貧家女，費盡心血才做成一套華麗的出嫁衣裳，以後不再穿，脂粉不再施。表示她對丈夫的一片忠心，她知道只有丈夫殺敵凱旋歸來，夫妻才能團聚，生活才能幸福，足見新娘是一位識大體，明大義的賢慧妻子。

「仰視百鳥飛，大小必雙翔，人事多錯迕，與君永相望」，此四句爲全詩之結穴，其中有哀怨、有離愁、有傷感。但不如開始時之強烈，主要她是安慰鼓勵夫君。「人事多錯迕」似感歎人不如鳥，鳥尚能比翼雙飛，翺翔在空中，自由自在，沒有分離的痛苦。她又感到一味悲歎，會影響丈夫之鬪志，於是情緒立刻轉變，振作起來，曰：「與君永相望」，此句含情深刻，以生死不渝之愛情，堅定夫君赴戰場之勇敢。

《新婚別》之情節，子美不一定有此經驗，亦不一定有此事實，或只他在戰亂中，想像百姓所可能遭到的一些不幸，此詩乃高度思想性與完美藝術性揉合之作品，對於人物之塑造，又具現實主義之精雕細琢之特點，詩中女主角有血有肉之形象，降低了男女之間之私情。最後再加強勉勵丈夫「努力事戎行」，表現在苦難環境中人物思想感情之發展變化，由子美信筆寫來，並不感到勉強，反覺得自然切合戰亂中之實情，而令讀者深受感動。

此詩運用比興法，一韻到底，一氣呵成，有利女主角之傾訴，亦便於讀者之傾聽。

《垂老別》

四郊未寧靜，垂老不得安。子孫陣亡盡，焉用身獨完。投杖出門去，同行爲辛酸。幸有牙齒存，所悲骨髓乾。男兒既介冑，長揖別上官。老妻臥路啼，歲暮衣裳單。孰知是死別，且復傷其寒。此去必不歸，還聞勸加餐。土門壁甚堅，杏園度亦難。勢異鄴城下，縱死時猶寬。人生有離合，豈擇盛衰端。憶昔少壯日，遲迴竟長歎。萬國盡征戍，烽火被岡巒。積屍草木腥，流血川原丹。何鄉爲樂土，安敢尚盤桓。棄絕蓬室居，塌然傷肺肝。

乾元二年（七五九）杜甫四十八歲。這首古風敍事詩，並不以情節之曲折勝人，而以人物心理之刻畫見長。子美以老翁自訴自憐，慰人慰己之獨白語展開抒寫，著重在表現人物之沉痛與憤恨，但有時又曠達自解，此種多變之情緒，決定全詩之結構層次，於謹嚴整飭中，具有起伏跌宕、隨情婉轉之妙，故浦起龍於

《讀杜心解》中評曰：「忽而永訣，忽而相慰，忽而自勉，千轉百折，末段又推開解譬，作死心塌地語，猶云無一寸乾淨地，愈益悲痛。」

詩中情節是在平定安史叛亂的戰爭中，唐軍於鄴城兵敗後，朝廷為防止叛軍再向西拓展，遂於洛陽一帶到處徵兵，以增強軍力，擊退叛賊，故連七十餘歲之老翁亦不能倖免。《垂老別》，就是抒寫一老翁被徵從軍，與老伴惜別之悽慘情景。

開首即將老翁放在「四郊未寧靜」之時代的動亂氣氛中，使他吐露出「垂老不得安」之遭遇與心情，用語低沉，使讀者讀後有一種沉鬱同情之感。他又感歎「子孫陣亡盡」，僅留下我這個孤老頭，都不放過，我又何必苟活下去，於是老翁將手杖一丟，顫抖抖的走出家門，他了解處在如此多難的時代，個人是無從選擇的。「同行為辛酸」，同行戰士目睹此情，能不為之感歎欷歔?!「幸有牙齒存，所悲骨髓乾。」此為自憐自慰語，好在滿口牙齒尚存整，所悲的骨髓枯乾，年紀太大。「男兒既介冑，長揖別上官。」老翁年歲雖大，但總是一個男子漢大丈夫，報國是義不容辭，便毫不猶豫的告別上級慷慨出征。

接著就出現全詩最扣人心弦的描述，將要跨出家門時，老翁本想躲過老伴，不辭而別，誰知邁出家門沒幾步，迎面傳來老妻之悲啼聲，原來是老伴哭倒在路旁，襤褸之單薄衣衫，隨著寒風飄動，這意外的遭遇，情何以堪！接著老夫妻二人理智的互相安慰，叮囑要注意飲食，小心身體。老翁明知此去是永訣，還得走上前攙扶老妻儘量安慰，一想到老妻之孤寒無依，不禁飲泣。此時老妻更是淚流滿面，她亦知老伴此去十之八九回不來，還再三強作安慰，在前線要諸多保重。此難捨難分之離情，刻畫得入木三分。吳齊賢《杜詩論文》云：「此行已成死別，復何顧哉？然一息尚存，不能恝然，故不暇悲己之死，而又傷彼之寒也；乃老妻亦知我不返，而猶以加餐相慰，又不暇念己之寒，而悲我之死也。」其感人之處，是因子美將「衣裳單」、「勸加餐」生活中極平凡之事，分別放在「是死別」、「必不歸」之極不尋常之情況下來表現。再加上無可奈何的「且復」，又出人意的「還聞」，層層抒出，便收到驚心動魄之藝術效果。

「土門」以下六句，以自我寬解，重新又振作起來。老翁是堅強的，他意識到必須從淒楚之氣氛和男女私情中掙扎出來，不能不爲國家著想。此次防守河陽的土門，防線還是很堅固的，敵軍欲越過黃河邊之杏園鎮渡口，也不是那麼容易，情況與上次之鄴城不同。此去縱然是死，亦尚有一段時間。人生在世總有悲歡離合，不能全合己意。此雖故作達觀語，還是掩飾不了老翁內心之痛楚與矛盾，但亦隱瞞不住世亂之眞實情境。「憶昔少壯日，遲廻竟長嘆。」時間不能再拖延，就到分別時刻，老翁不禁又回憶起當年年富力壯，過著太平的日子時，情思在此稍作頓挫，是想爲下文掀起波瀾。

「萬國盡征戍」以下六句，老翁談到現實情勢，發出悲憤而又慷慨之呼聲，他描述全國老百姓都在南征北戰，連山頂四處，都是烽火滿山，橫屍遍野，草木都染有腥羶臭，如何還敢留戀家園，躊躇不前？此節有雙層寓意，一是抒寫出山河破碎，人民塗炭之眞實情況，逼眞而廣曠地展示時代生活之畫面。一是對凶橫之敵人，不能貪生怕死，再徘徊不前。通過老翁之談話，子美塑造了一位眞正富有愛國心之老翁形象。

「棄絕蓬室居，塌然傷肺肝」，現在只有承擔著人生極傷痛之心，與孤苦的老妻離別，棄掉多年住的茅屋，丟下長期共患難，冷暖相關懷的老伴，轉瞬間可能就是生死異路，此情此景，感情之門再也鎖不住，任它奔放，淚水如雨水，匯聚成人間最悲痛之發洩。讀此詩後留給讀者很多問號，老翁是生是死？被丟下之老妻是否陷於絕境？混亂莫測之戰局，何時結束？這些問題，將留給讀者推測、體會、思索。

杜甫的詩有不同於其他詩人之特色，其無論敍事或抒情，都能傳神的表達出社會之災難，人民之飢苦，時代之眞實面，史稱其詩爲「詩史」，確名副其實。

《無家別》

寂寞天寶後，園廬但蒿藜。我里百餘家，世亂各東西。存者無消息，死者爲塵泥。賤子因陣敗，歸來尋舊蹊。久行見空巷，日瘦氣慘悽。但見狐與狸，豎毛怒我啼。四鄰何所有？一二老寡妻。宿鳥戀本枝，安辭且窮棲（栖）？方春獨荷鋤，日暮還灌畦。縣吏知我至，召令習鼓鞞（鼙）。雖從本州役，內顧無所攜。近行止一身，遠去終轉迷。家鄉既盪盡，遠近理亦齊。永痛長病母，五年委溝谿。生我不得力，終身兩酸嘶。人生無家別，何以為蒸黎。

杜甫之「三別」古風敍事詩，皆寫於唐肅宗乾元二年（七五九），子美四十八歲時。「三別」內容都是描述因戰亂帶給無辜百姓之悽慘遭遇。此詩是寫一個戰敗逃歸家鄉之士兵，他目睹家鄉田園荒蕪，人烟絕滅之景象已够悲痛，未料縣吏知道他回來，再徵召他出征。第一次出征，家中尚有人，第二次出征，情況就完全不同，兒子戰敗陣亡，其他家人逃奔他鄉，因此，既無人送行，又無人向他告別，他踏上征途時，內心總感到不適意，不自禁的自言自語，「彷彿想訴說什麼。

此詩自「寂寞天寶後」至「一二老寡妻」，共十四句，都寫戰亂後歸里所見，而以「賤子因陣敗，歸來尋舊蹊」夾在這一大段中，不得不分作兩小段讀，第一小段追敍兒子因陣敗，又見到家鄉面目全非，滿目荒涼，不勝今昔之感。「寂寞天寶後，園廬但蒿藜」，此二句表面描寫今日，實亦蘊藏著昔日。天寶後四處荒蕪，田廬佈滿蒿草，天寶前又如何？因而引出下兩句「我里百餘家，世亂各東西」，最初人口興旺，生活安定，和諧相處，想像中應是園廬相望，鷄犬相聞，彼此來往，當然愉悅不寂寞。後來因戰亂，鄉人各奔東西，園廬野草叢生，無人往來，自然生活寂寞。此詩一開首即以「寂寞」描述其心境，為全詩奠定基調。「世亂」與「天寶後」前後呼應，寫出今昔變化，主要是因戰禍所造成。如今無家可別，存者無音問，死者化為塵埃，內心已感到悲痛至極，是前一小段之全貌。後一小段是寫兒子由於鄴城打敗。回歸「尋舊蹊」「尋」刻畫精細深刻，

「舊」字含意更深，家鄉之舊路，照理在黑夜也可找到家，而今卻用「尋」，可見家鄉因早被蒿藜掩蓋，無從辨識。「久行見空巷，日瘦氣慘淒。但見狐與狸，豎毛怒我啼。四鄰何所有，一二老寡妻。」「久行」承「尋舊蹊」用以傳「尋」之神。走來繞去，全是空巷，言其無人。「日瘦氣慘淒」是描寫陽光淡淡，氣氛冷淒淒，用擬人化筆法融景入情，烘托出詩中主人，見到空巷之淒涼心境。「但見狐與狸」之「但」與前面之「空」照應，從前百餘家村民，居民人來人往，笑語相迎，如今只有狐狸成羣，喧賓奪主，一見人就迎面怒吼。再仔細察看，只有一兩位寡婦還活著。在此子美應安排詩中主人和她們有一段交談，使讀者能知道她們之生活，子美卻省略不提，留給讀者去想像。

「宿鳥戀本枝，安辭且窮栖？方春獨荷鋤，日暮還灌畦。」此在結構上應另成一段，前兩句，以宿鳥爲喩，表達對鄉里之感情，後兩句，寫詩中之主人回到家，如往日一樣，在春季辛勤耕種，天色雖已黑，仍在田中澆水灌菜園。

最後一段，寫無家而又別離，因「縣吏知我至，召令習鼓鞞。」波瀾忽起，剛平下的心境，盼望能在家鄉再活下去，誰知又成夢幻。「雖從本州役，內顧無所攜」，此爲第一層轉折，再去當兵，雖然只是在縣城內，是自幸，第二句是自傷，因內顧一無所有，不免淒然，既無人爲我送行，又無物可攜帶，能不令人傷心！「近行止一身，遠去終轉迷」，此爲第二層轉折。「近行」孤獨一身，已令人感傷，日後遠去前線，前途茫茫，不知何處埋屍骨。「家鄉既蕩盡，遠近理亦齊」，爲第三層轉折。家人與鄉里已蕩然如洗，「近行」、「遠去」，又有何分別？六句詩抑揚頓挫，刻畫入微，描述詩中主人得到召令後之心理變化。

「永痛長病母，五年委溝溪。生我不得力，終身兩酸嘶。」最悲痛之事終於湧上心頭，前次應征，還有長期臥病之老母，在我五年從軍期間去世，得不到我送終，以致屍骨投入溝壑，使我一生感到罪惡。此數句極力描述亡母之痛，家破之慘，是以緊扣題目，以反詰語作結：「人生無家別，何以爲蒸黎！」是說人生既無家告別，猶被逼迫出征，亂世百姓竟如此痛苦！

此首「無家別」，反映出當時戰區人民之共同遭遇，家破人亡，妻離子散，對統治者之殘暴、無情、腐朽，子美作了有力之鞭撻。

《新安吏》

客行新安道，喧呼聞點兵。借問新安吏，縣小更無丁。府帖昨夜下，次選中男行。中男絕短小，何以守王城？肥男有母送，瘦男獨伶俜。白水暮東流，青山猶哭聲。莫自使眼枯，收汝淚縱橫。眼枯卽見骨，天地終無情。我軍取相州，日夕望其平。豈意賊難料，歸軍星散營。就糧近故壘，練卒依舊京。掘壕不到水，牧馬役亦輕。況乃王師順，撫養甚分明。送行勿泣血，僕射如父兄。

《新安吏》這首古風敍事詩，子美寫於唐肅宗乾元二年（七五九），己亥春，於洛陽陸渾莊，年四十八歲。當時鄴城軍隊潰敗，增兵孔急。子美耳聞目睹，上憫國難，下痛民苦。遂作「三吏」、「三別」藉以發抒內心苦痛，寫成泣血之六首史詩。

肅宗乾元元年（七五八）冬，郭子儀收復長安與洛陽，未久郭與李光弼、王思禮等九節度使乘勝追擊，以二十萬大軍在相州圍攻安慶緒叛逆，情勢甚樂觀，但因昏庸不智之肅宗不信任郭、李二人，諸軍不設統帥，僅派宦官魚朝恩爲觀軍容宣慰處置使，造成各軍不相統屬，又因糧草不足，士氣因之低落，兩軍相持至翌年春，史思明援軍趕到，朝廷遂在鄴城大敗。郭子儀退守東都洛陽，其他各節度使逃歸本鎮，朝廷爲補充軍力，到處拉伕。子美此時正由洛陽回華州任所，親眼所睹，親耳所聞，慘敗後之情景，因作《新安吏》。

唐代天寶三年至代宗廣德元年七月規定：「以十八歲爲中男，二十二歲爲丁」（見《唐書·食貨志》）。但在新安所有壯丁早已拉光，今奉令抽徵十八歲中男。有母送者較強壯，因日常生活有母照顧；無人送行者，瘦弱不堪，可能是母早亡，或臥病無法送行。何以只提母送行，而不說父送行？可能是父早被拉去作戰，或已戰死沙場。

「客行新安道，喧呼聞點兵。」「客」是指作者自己，下面所有描述，皆因子美聽到「喧呼聞點兵」而發展出來。「借問新安吏，縣小更無丁。」此爲子美設問，因照常規徵兵制度，中男不應抽徵作戰，新安縣又小，壯丁早已拉光，再無丁男可徵，問得理由充足，新安吏無言以對。殊料吏極有機智，道：「府帖昨夜下，次選中男行。」吏說：昨夜頒下軍令，要挨次抽徵十八歲中男從軍，吏知子美懂徵兵法令，中男不應當兵，故以軍帖來壓，意思是軍法不可抗拒。子美又進一步難曰：中男又矮又小，如何能防守東都洛陽城？吏無言以答。從上面之問話中，知道作者是多麼憐愛百姓，同時亦表露出子美固執之個性。

「白水暮東流，青山猶哭聲。」此時子美與新安吏已相對無語，於是目光轉向被押送之中男身上，內心立刻充溢著無限酸楚，他對著這羣哀泣之人浪，佇立良久，不時又仰望天空，暮色蒼茫，俯視白水無語向東流，青山彷彿在低泣。

「莫自使眼枯，收汝淚縱橫。眼枯卽見骨，天地終無情。」以上是作者勸慰人之語，但中男已走，勸語給誰聽，似乎是對著中男所走之方向自言自語，眼看這些未成年的少年被徵去送死，因有「天地終無情」之慨歎！

「我軍取相州，日夕望其平。」本來朝廷軍已將相州圍住，預期早晚可攻下，誰又料到相州會落敗呢？失敗的眞正原因本由於肅宗之昏庸，但子美說：「豈意賊難料」，用此含混之詞，掩飾了失敗之因，給朝廷留點情面。吃敗戰後，全軍四分五裂，有的爲缺糧草逃回本鎭，有的依據洛陽，重整敗軍。「掘壕不到水，牧馬役亦輕。」是說戰壕挖得不深，牧馬工作也很輕，都是安慰中男之語。「況乃王師順，撫養甚分明。」肅宗討伐安史叛軍，雖是名正言順，但如何談得上愛護士兵，對士兵公平？又曰：「送行勿泣血，僕射如父兄。」送行的母親們，莫再痛哭，郭子儀待士兵如父兄。此乃安慰家屬之詞，子美如此勸說，用心良苦，實際上人民遭際之慘酷，國家面臨之災難，皆深深的刺激著他，他如此違背事實之勸說，無非是想減輕出征者家屬之痛苦。

杜甫之「三吏」、「三別」均在揭發朝廷不顧百姓之死活，爲平叛軍，無論老少都抓，甚至連婦女亦不放過，拉去燒飯，當時人民怨恨朝廷已到極頂，可是敢怒不敢言，唯有咬緊牙關，含淚出征。子美此詩，在無奈中仍勸慰出征者與家屬。

《潼關吏》

士卒何草草，築城潼關道。大城鐵不如，小城萬丈餘。借問潼關吏，修關還備胡。要我下馬行，爲我指山隅。連雲列戰格，飛鳥不能逾。胡來但自守，豈復憂西都。丈人視要處，窄狹容單車。艱難奮長戟，千古用一夫。哀哉桃林戰，百萬化爲魚。請囑防關將，愼無學哥舒。

這首古風敍事詩與《新安吏》、《石壕吏》皆寫於乾元二年（七五九）春，唐朝王軍在相州大敗，安史叛軍乘勝進攻東都洛陽，如東都再被攻下，勢必再攻西都長安，則長安與關中地區屏障之潼關定會有一場大戰，朝廷軍勝敗殊難預料。爲此，朝廷驅使百姓修築潼關城，此時子美經過這裏，見到緊張之備戰氣氛，意識到百姓之辛苦。開首四句是描述築城士兵忙迫情形，與關防之牢固，城牆既高又堅固，安史很難闖關。「借問潼關吏，修關還備胡」，引出潼關吏之語，修關爲防「胡」，「胡」指安史叛軍，其實子美是故意問，聽聽吏之意見，「還」字說明從前曾失守過，因三年前潼關嘗被安史叛軍攻破，故此次對防禦工事特別加強，以免再蹈覆轍。

下面應該是潼關吏之回答，似乎吏並不想作答，而請子美下馬仔細觀察山谷與山坳之形勢。從詩的結構上分析，是在兩段對話中插入一段敍述，但筆法並無呆滯之感。

潼關吏似乎對防禦工事充滿信心，如「連雲列戰格，飛鳥不能逾」，形容柵欄排列與天相接，鳥都飛不過去。敵人來攻，只要堅守卽可，何須再憂心長安危險！關吏說：「窄狹容單車」，路狹窄只能通過一輛單車，對防守工事似很感滿意，並有勝利信心。又說：「胡來但自守，豈復憂西都。」敵人來襲，只須閉關守城，長安的安危不必再耽憂，反映出守城將士昂揚自得。

對關吏所言，子美並未加以稱讚，因子美並未忘記在三年前安祿山佔據洛陽後，又派兵攻下潼關之往事，當時守將歌舒翰初欲堅守，惟因楊國忠疑忌，在玄宗面前唱反調，玄宗派宦官至潼關督戰，歌舒翰在氣憤下領兵出戰，結果全軍潰敗，許多將士淹死黃河中。憶昔睹今，子美痛定思痛，故曰：「請囑防關將，愼勿學歌舒。」「愼」字，指的面廣，非僅指責歌舒，連朝廷庸臣及君上都在責備之列。杜甫詩中「三吏」與「三別」不同，「三吏」有問有答，「三別」只是人物之獨白，此詩對話又具有自己之特點，因在對話安排上，緩急有致，表達出不同人物之心理與神態。如守關之朝廷軍給讀者留下堅強不拔，英雄氣概的印象，其中「艱難奮長戟，千古用一夫」兩句格外精警突出，是說緊急時揮動長矛，可一夫守關，萬夫莫敵。

《石壕吏》

暮投石壕村，有吏夜捉人。老翁踰牆走，老婦出門看。吏呼一何怒！婦啼一何苦！聽婦前致詞：「三男鄴城戍，一男附書至，二男新戰死。存者且偸生，死者長已矣。室中更無人，惟有乳下孫。有孫母未去，出入無完裙。老嫗力雖衰，請從吏夜歸。急應河陽役，猶得備晨炊。」夜久語聲絕，如聞泣幽咽。天明登前途，獨與老翁別。

「三別」、「三吏」古風敍事詩，子美皆寫於四十八歲時，唐肅宗乾元二年（七五九），己亥春，在洛陽陸渾莊。石壕在今陝州城東七十里。陝州至洛陽爲三百里，石壕離洛陽爲二百三十里。此詩寫於《新安吏》之後，是年春郭子儀等九節度使率領六十萬大軍包圍安慶緒於鄴城，由於指揮不統一，被史思明軍隊迎擊，全軍覆沒，欲補充兵力，故在洛陽以西至潼關一帶，強行拉夫，不顧百姓家境如何，見男人就抓，人民痛苦不堪。此時子美正自洛陽經潼關回華州任所，途中投宿一小客棧，適逢其會，目睹此幕悲劇。全詩主旨通過「有吏夜捉人」之情景，開始描述官吏之殘暴，亦反映出百姓之苦難。

前四句作一段，第一句「暮投石壕村」，開門見山，直敍其事，「暮」、「投」、「村」等字，須細思考其意。在當時社會秩序混亂，由於戰爭造成，旅客爲保安全，多未暮先投宿，而子美於暮色蒼茫中，匆匆投入一小村莊客棧，忖度子美不敢走大路，恐遭災禍，或附近城鎮已蕩然一空，無處投宿。從投宿之時間地點，不難想像此時正値兵荒馬亂，鷄犬不寧之景象。「有吏夜捉人」爲全詩之綱要，以下情節，皆由此發展出來。子美不用徵兵、募兵、招兵而用「捉人」，照實情實景描繪，有意在揭露唐王朝對百姓之殘毒，再加上黑夜捉人，視百姓如牲畜。子美未露面觀此悽慘之情景，而是隔窗窺聽。「老翁踰牆走，老婦出門看」兩句，可知百姓長期以來備受捉人之恐懼與痛苦，使人民寢不安席，食不知味，門外一有響動，卽認爲是縣吏來捉人，因而老翁（指店老板）聽到外面有聲音，立卽跳牆逃走，由老婦（指老板娘）開門應對。

自「吏呼一何怒」至「猶得備晨炊」十六句可分作第二段。「吏呼一何怒！婦啼一何苦！」縣吏進店一搜索，無一男人，縣吏開始兇猛怒吼，知道老板已逃。逼問老板娘，老婦又恐懼又擔心老伴不知去向，不自禁悲痛大哭，一怒一苦，形成強烈之對照，兩個狀語「一何」，加重感情色彩，有力渲染出縣吏之如狼似虎，毫無人性。老婦由於縣吏之逼迫，始訴說下面一段苦境，「聽婦前致詞」，「聽」是子美竊聽，「致詞」是老婦向縣吏訴苦，希望博得其同情。以下十三句，多次換韻，明顯表現出多次轉折，暗示官差多次怒吼，逼問。讀此十三句詩，應該明瞭並非老婦一口氣敍述下去，而是縣吏在旁隨時在逼問，方有如此冗長的話語。自「三男鄴城戍」，至「死者長已矣」，是第一次轉折，此爲縣吏逼問而訴苦。縣吏再逼問，老婦再哭訴：三男當兵守鄴城，一子寄書來禀告，另外兩子剛戰死，死者永相別，生者聽天命。縣吏因抓不到人，大失所望，因而又大發雷霆逼問，老婦無奈，唯有照實再訴說：「室中更無人，惟有乳下孫。」我家中再無男人，僅有一個尚在吃奶之孫子；此時孫兒被吼聲驚嚇，在屋內大聲啼哭，因此縣吏，威逼道：有孩子必另有人，老婦擔憂之事終於來臨，她唯恐媳婦被捉去，只有再解說：喂奶之媳婦因孫兒小，猶需喂奶，故未改嫁，但其衣裙破爛不蔽體，不便出來見外人。縣吏仍不肯放鬆，老婦決心犧牲自己，保住兒媳與孫子，曰：「老嫗力雖衰，請從吏夜歸。急應河陽役，猶得備晨炊。」老婦願跟他們到軍營燒飯。陳訴到此結束，似乎縣吏勉強同意，他們想總比未抓到一個人好。

末段四句，是照應首段，全家人物復出現，老婦被捉走，媳婦在低泣。「夜久」句反映出老婦一直在哭訴，她想到走後，媳孫如何活下去，自己赴前方軍營，能否再歸來？「獨與老翁別」，於敘事中含有無限深情。

回憶昨晚子美投宿時，老板與老板娘還迎接住店旅客，一夜之間，變化如此之大，一家人生離死別，老翁該是何種心情？子美有何感想？讀者又有何想像？全詩一百二十字，子美巧妙之筆法，藉敘事以抒情，愛憎極為明顯，當時政治之黑暗，以及戰亂中民不聊生之慘狀，皆一覽無遺。

《夢李白二首》

其一

死別已吞聲，生別常惻惻。江南瘴癘地，逐客無消息。故人入我夢，明我長相憶。君今在羅網，何以有羽翼？恐非平生魂，路遠不可測。魂來楓林青，魂返關塞黑。落月滿屋梁，猶疑照顏色。水深波浪濶，無使蛟龍得。

唐肅宗乾元二年（七五九）己亥，杜甫四十八歲，秋季在秦州所作。李白以參加永王李璘幕府工作，遂於七五八年被判罪，謫放夜郎（今貴州桐梓縣）。尚未抵達夜郎，於乾元二年春夏之交，遇赦放回，此時杜甫遠在北方，只聞李白被貶逐，不知其中途遇赦。當時爲老友之遭遇悲痛不勝懷念，又不知其生死如何，經日在懸繫中，久而成夢，所謂日有所思，夜有所夢。

開首兩句，惻惻：是形容內心之傷痛，謂人生「死別」時，令人泣不成聲，自此生死異路，恐永無再見機會。「生別」亦令人時刻悲傷，不知故人處境如何？不知何時相見？無論是「死別」與「生別」，都使詩人感到痛苦不寧。「江南瘴癘地，逐客無消息」，瘴癘地：南方濕熱蒸鬱是疾病流行之地。逐客：被放逐者，此處指李白。子美想到故人流放到一絕域，迄今無消息，使杜甫時刻在痛苦中。「故人入我夢，明我長相憶」，李白入夢，是因長久思念，使彼此靈犀相通，故入夢相會。杜甫夢中見到故人，既喜悅又欣慰，轉念之間，似乎清醒過來，「君今在羅網，何以有羽翼？」故人現處於羅網中，如鳥之於羅網，不能自由飛翔，如何能生翅飛到我身邊？於是聯想到關於李白下落之種種不祥之傳聞，內心更加憂慮，暗暗忖思，「恐非平生魂，路遠不可測」，夢中所見之故人，是生魂抑是死魂？千里迢迢令人難以揣測。入夢相會而喜，深思而疑，繼而感到懷念又恐懼。詩人對自己夢幻心理之刻畫，極細膩逼眞。

「魂來楓林青，魂返關塞黑。」楓林青：江南景物，取《楚辭．招魂》詩意。詩人設想李白魂來時，經過江南一帶有青青之楓樹林。關塞黑：設想故人魂返時，經過秦隴之關塞。當夢醒魂去，詩人依然思量不已。其感到路途遙遠，何等艱辛，且孤寂一人。此皆杜子美之設想，亦表現他體貼故人入微，每件事皆爲其想到。「落月滿屋梁，猶疑照顏色。」描述天將亮時夢醒，而夢境逼眞。「顏色」指李白聲容笑貌，此二句是描述夢初醒時回憶夢中情景，非常清晰，見到李白之身影在皎潔之月色下，是那麼憔悴沮喪，月光照滿屋梁，看得很清楚，當我凝神細辨，恍然覺悟，乃思念之幻覺耳。「水深波浪濶，無使蛟龍得」，是醒後代故人擔憂，長江水深浪濶，江中又多蛟龍，詩人默禱使故人之魂能安然歸去。又想到路遙遠，夜又深，江湖之中，風濤險惡，杜甫爲故人焦慮，殊不知此正是李白之險惡處境。此詩足見李、杜二人之情感，深度勝過手足。

其二

浮雲終日行，遊子久不至。三夜頻夢君，情親見君意。告歸常局促，苦道來不易。江湖多風波，舟楫恐失墜。出門搔白首，若負平生志。冠蓋滿京華，斯人獨顦顇。孰云網恢恢，將老身反累。千秋萬歲名，寂寞身後事。

第一首所述是杜甫初夢見李白之情景，此後數夜又出現相似之夢境，是以子美又作第二首詠歎。起首浮雲二句，是用「古詩」：「浮雲蔽白日，遊子不顧返」詩意。因見浮雲，而聯想到遊子，所謂「浮雲游子意」。但浮雲尙可自由遊來遊去，而遊子卻久不到來。由於子美日夜在思念故人，便云「三夜頻夢君，情親見君意。」與首篇「故人入我夢，明我長相憶」，互相照應，表示李杜二人形離而神合，更體現出李杜之間一往深情，連魂魄都時來探視老友，顯示了肝膽相照之情誼。告歸二句，「告歸」：告別辭歸；「局促」匆匆不安貌。是說李白臨分手時，總是苦苦訴說：「來一趟實在不易啊！」接著說：「江湖多風波，舟楫恐失墜。」江湖上風波迭起，眞恐船沉啊！詩人目送他出門去，用手搔頭髮，滿頭白絲，乃描繪老友出門時之姿態，似又不忍離開，又感年老有志未伸之悵惘。詩人自側面刻畫其枯瘦淒楚之狀十分可憫，意同首篇「水深波浪濶，無使蛟龍得」，雙關李白魂魄來去艱險與現實處境之惡劣。

夢中故人之幻影，給杜甫感受太深太強烈，爲李白不平，每次夢醒來，愈想愈憤懣，終於發出下面之浩嘆：「冠蓋滿京華，斯人獨顦顇。」「冠蓋」：冠是帽子，「蓋」是車蓋。冠蓋指長安有權勢之高官，權貴充滿長安，唯有如此一位卓越之人物，獻身無路，報國無門，今已至晚年，仍困頓不堪，連自由都失去。「孰云網恢恢，將老身反累。」「網恢恢」是成語。老子《道德經》「天網恢恢，疏而不漏。」天網猶天理，「恢恢」是寬廣之意，意思是說天網本寬廣，殊知李白以老身，竟牽累在天網裏，乃天道不公平之怨言。千秋句：生前遭遇如此，縱使身後名垂萬古，又有何用？人已化爲泥土而不知，在沉痛之嘆息中，寄寓詩人對故人崇高之評價與深厚之同情，亦隱藏著杜甫自己無限心事，故清人浦起龍曰：「次章純是遷謫之慨，爲我耶？爲彼耶？同聲一哭」（《讀杜心解》）。

《夢李白二首》首篇以「死別」開端，次篇以身後作結，形成完整之結構。兩首之間，又處處貫串呼應，但二首詩之意境與內容卻不同。首篇初夢，次篇頻夢；首篇寫疑幻疑眞心理，爲詩人假想，次篇描述李白淸晰眞切之形象；首篇寫對李白處境之關懷，次篇寫對李白遭遇之同情；上一首爲對李白友情之眞摯而發，下篇爲李白不平，同時亦有自身之感慨。此兩首五言古詩，記夢境是分工而又合作。相關而不相同，雖是說夢，感情皆至誠純眞。

《佳人》

絕代有佳人，幽居在空谷。自云良家子，零落依草木。關中昔喪亂，兄弟遭殺戮。官高何足論，不得收骨肉。世情惡衰歇，萬事隨轉燭。夫婿輕薄兒，新人美如玉。合昏尚知時，鴛鴦不獨宿。但見新人笑，那聞舊人哭？在山泉水清，出山泉水濁。侍婢賣珠回，牽蘿補茅屋。摘花不插髮，采柏動盈掬。天寒翠袖薄，日暮倚修竹。

這首詩杜甫寫於唐肅宗乾元二年（七五九）秋在秦州，年四十八歲，恰爲安史之亂後第五年，主題是刻畫一位在戰亂中被遺棄之少婦。子美用賦、比、興筆法描述如此美貌之絕代佳人，竟被丈夫遺棄，此自然與戰爭有關。一開首就引出這位幽居空谷之美人之遭遇，第三句「自云良家子」開始由她獨白介紹自己之身世：本出身於高官貴族家庭，可惜生不逢時，正值國家動亂，兄弟雖曾居高位，不幸在戰爭中被殺害，連屍首都無法收埋。在此現實的社會中，無權勢可藉，所遭到的都是冷酷，命運對不幸者，也似乎特別無情，萬事有如燭光，閃爍變化不定。由於娘家人亡勢去，連丈夫都拋棄了她，另結新歡，只看新人笑，不聞舊人哭。下兩句「在山泉水清，出山泉水濁。」是象徵女主角之高潔情操，子美是用山中泉水之清，比喻空谷中之佳人的品格之清高。命運是悲慘的，人格是高潔的，正寫出佳人形象之兩個側面。

佳人的遭遇實在令人同情，社會的，家庭的，個人的一切災難，皆紛至沓來，讓這位美人如何承擔？在自白中她邊敍、邊議論，不平之氣洋溢在字裏行間，尤其是下面兩句「合昏尚知時，鴛鴦不獨宿。」夜合草雖是無知的野草，尚知在夜間知時而合；鴛鴦雖是禽類，亦雄雌相隨，不肯獨宿，何況萬物之靈的人？此實暗責其夫連草木飛禽都不如。讀後我們也可意識到她得悉丈夫另結新歡時的痛心，一定聲淚俱下。但這位絕代美人，並沒被惡運壓倒，更沒向慘酷的現實屈服，反而更堅強的挺立起來，因對人世失望，決心走入深山與草木爲友，以日月爲伴，度過餘生。

詩的最後六句，全是描繪她在深谷幽居之淒苦生活，茅屋需修補，衣服太單薄，這些養生之具都需解決；幸而她帶來一婢女，可幫她做生活上必須做的工作，當生活支持不下去時，令婢女賣珍珠，維持清苦的生活。而今美人摘花不插髮，無心再修飾，但有時採柏葉滿握，那是因柏有堅貞之性。

在天寒的傍晚，她倚著修長的竹子，任由晚風吹拂，內心充滿痛苦、寂寞、哀怨。因無論從物質或精神來看，佳人的境遇實在苦不堪言。

杜甫對大唐，一向是忠心耿耿，竭忠盡力，想救國家拯人民。惜天不從人願，結果落到棄官來到秦州，衣食無著，其境遇同這首詩中之女主角頗相似，如用白居易之《琵琶行》中兩句來形容，即所謂「同是天涯淪落人，相逢何必曾相識。」杜甫之《佳人》，可看作是一首客觀反映現實與主觀寄託情懷兩相結合的佳品。

《哀江頭》

少陵野老吞聲哭，春日潛行曲江曲。江頭宮殿鎖千門，細柳新蒲爲誰綠？憶昔霓旌下南苑，苑中萬物生顏色。昭陽殿裏第一人，同輦隨君侍君側。輦前才人帶弓箭，白馬嚼齧黃金勒。翻身向天仰射雲，一箭正墜雙飛翼。明眸皓齒今何在？血污遊魂歸不得！清渭東流劍閣深，去住彼此無消息。人生有情淚霑臆，江水江花豈終極？黃昏胡騎塵滿城，欲往城南忘南北。

這是一首七言古詩，杜甫寫於至德二年（七五七）春，四十六歲，子美離開鄜州，欲投奔剛卽位之肅宗，不幸被安史叛軍捉去，送至已淪陷之長安，子美非常痛苦。翌年春，其循長安城東南之曲江邊閒遊，見到一片荒蕪冷落之景象，感慨萬千，追憶昔日玄宗與楊貴妃於南苑游獵之盛況。南苑卽芙蓉苑，在曲江南部。因子美是關懷面甚廣之人，更哀傷萬分，就在此種心境下作這首詩。自帝、妃往日歡樂寫到馬嵬驛（馬嵬亭：陝西興平縣西馬嵬鎭）血灑馬嵬亭之悲劇，又目睹叛軍破壞之慘狀。他除憤恨而外，唯有用筆來抒發。

全詩可分作三部分，前四句爲第一部分，描述淪陷後，曲江蕭條之景色，曲江原爲長安遊覽之名勝，又經開元年間整修後，亭臺樓閣，雕梁畫棟，奇花異卉，每屆春天，齊放芬芳，翠堤柳岸，綠草如茵，眞人間仙境，而今面目全非，往日之繁華，如煙雲消散。首兩句「少陵野老吞聲哭，春日潛行曲江曲。」詩意是說少陵有位野老，在曲江畔低泣，不敢放聲慟哭，因他見到行人稀少，景象荒涼，不禁回憶起昔日之繁盛情況，不勝今昔之感，只有飲泣吞聲。第二句寫出遊的時間，地點，子美是春天遊覽的，獨自行到渭水邊，於「曲江」後加一「曲」字，「曲」解作「隱秘」，表示其特意走隱秘偏僻之處，不欲人發現。從「吞聲哭」、「潛行」、「曲」之用詞，說明賊勢仍在猖獗中。其遊賞處有玄宗華麗壯觀之行宮，今經叛軍刼後，已是一片荒涼，有一種沉痛之感，重重壓在心頭。又睹江畔宮殿，千門萬戶皆深鎖，細嫩的柳絲，翠綠的菖蒲，有誰來欣賞，今昔相比，令人百感交織，作者信手寫來，頗見匠心。

「憶昔霓旌下南苑」至「一箭正墜雙飛翼」，是第二部分，憶起昔日皇帝之儀仗，降臨南苑，南苑中各景物立即增添了光彩。唐玄宗開元二十年（七三二）自大明宮築複道夾城，直抵曲江芙蓉苑，玄宗與后妃公主經常通過夾城到曲江遊賞。「苑中萬物生顏色」。描述皇帝駕臨「苑中」之豪華奢侈，珠光寶氣映照得各物生輝。「昭陽殿裏第一人」，昭陽殿是漢成帝時之宮殿，第一人本指漢成帝之美人趙飛燕，此是借用來比楊貴妃。「同輦隨君侍君側」，是指貴妃與皇帝形影不離，《長恨歌》中所謂：「承歡侍宴無閒暇，春從春遊夜專夜。後宮佳麗三千人，三千寵愛在一身」。描述之情景。與此正相同。此時忽車前有一女官，腰帶弓箭，騎一白馬，口銜金勒，翩然一轉身，向天仰射雲霄，不偏不誤，正射中空中之雙飛翼（雙飛鳥），當時僅博明皇貴妃一笑耳。此事莫非是預兆明皇貴妃之慘訣？一箭貫穿雙飛鳥，何其奇也，此意隱於句中，含蓄蘊藉，令人尋思。

自「明眸皓齒今何在」，至「欲往城南忘南北」八句為第三部分，寫子美於曲江畔」之感慨。「明眸皓齒今何在」，至「去住彼此無消息」銜接第二部分，感歎明皇與貴妃之悲劇，「明眸皓齒」是形容楊貴妃之美貌，佳人何在？表示今後生死異路，昔日芙蓉苑中仰射比翼鳥，今日馬嵬城永分離，子美寫一盛一衰，一生一死，鮮明生姿。「人生有情淚霑臆」至「欲往城南忘南北」，寫子美對世事滄海桑田之感傷，前句是說人是感情動物，觸景傷懷，淚洒胸襟，大自然是無情的，不隨人世悲歡而變化，花自飄零，水自流，永無盡期。末兩句黃昏時叛軍兵馬，爲防人民反抗，紛紛出動，塵土飛揚，籠罩全長安城。子美因心慌意亂，憤恨至極，本想回至長安城南住所，而反往城北行，寫其心神慌張之態，極爲傳神。

這首詩流露出極深之感情，對國破家亡之沉痛，抒寫得淋漓盡致。全詩由一韻到底，皆爲七言，句中以第五字最重要，如吞、曲、鎖、爲、下、生、第、侍、帶、黃、仰、雙、今、歸、劍、無、淚、豈、塵、忘等，均用得極妙。章法起承轉合，一線貫串，運用極精到，不愧爲一大手筆。

《兵車行》

車轔轔，馬蕭蕭，行人弓箭各在腰。耶孃妻子走相送，塵埃不見咸陽橋。牽衣頓足攔道哭，哭聲直上干雲霄。道旁過者問行人，行人但云點行頻。或從十五北防河，便至四十西營田。去時里正與裹頭，歸來頭白還戍邊。邊庭流血成海水，武皇開邊意未已。君不聞，漢家山東二百州，千村萬落生荊杞。縱有健婦把鋤犁，禾生隴畝無東西。況復秦兵耐苦戰，被驅不異犬與鷄。長者雖有問，役夫敢伸恨？且如今年冬，未休關西卒。縣官急索租，租稅從何出？信如生男惡，反是生女好。生女猶得嫁比鄰，生男埋沒隨百草！君不見，青海頭，古來白骨無人收。新鬼煩冤舊鬼哭，天陰雨濕聲啾啾。

這一首七言歌行，杜甫在天寶十一年（七五二）作，年四十一歲。天寶十一年四月，玄宗興兵征伐南詔大敗，戰死士卒六萬，楊國忠隱瞞事實，反稱南征勝利，是以在關中再徵兵，補充軍力，欲大舉南征。百姓聞南詔（雲南）爲瘴癘之地，兵卒遠征於此，死亡甚多，同時亦反對玄宗窮兵黷武，暴斂無度，因此，人民逃避徵兵，楊國忠令御使到處捕人，且立卽出發，征者父母妻子送行，哭聲震天。杜甫曾親見咸陽橋頭動人心弦送別之一幕，遂寫入這首詩中，他借征者之語，表達出人民之痛苦與憤恨。「行」爲樂府詩中一種體裁，《兵車行》乃子美所自擬，舊題有《從軍行》等。此詩緣事而發，運用較自由的樂府民歌形式，刻畫人民之苦難，更能表達被迫從軍之實況。

「車轔轔，馬蕭蕭」，兵車隆隆的響著，馬也在嘶叫，表示卽將出征。「行人弓箭各在腰」，是說被捕來之從軍者，皆換上戎裝，佩上弓箭，在官吏之催迫下，正開往前線去作戰，征夫之父母妻子趕來送行。由於送行人多，車馬又擁擠，路上塵土飛揚蔽天，連咸陽橋都隱沒在灰塵中。出征人之家屬，有的拉著征夫之衣襟，頓脚攔在路中泣哭，哭聲響徹雲霄，簡直像似永無再見之日。「牽衣頓足攔道哭」，一句連用四個動詞，將送行人之悲痛、憤恨、絕望之情，表現得細微動人。子美的筆法，使讀者強烈的意識到成千上萬之家庭，因戰爭災禍，弄得妻離子散，令人觸目驚心。

「道旁過者問行人。」子美運用設問筆法，引出征夫之傾訴。「道旁過者」，正是子美自己。出征者說：是照名册點名調遣，已經多次，頻繁之徵兵，是全詩之「詩眼」，亦卽全篇之重點。因頻繁抽丁，造成家破人亡，百姓無辜犧牲，使田野荒蕪無人耕種。「或從十五北防河，便至四十西營田。」「防河」：其時吐蕃經常侵犯邊境，需增強兵力，駐在河西（黃河以西之地）防守，是說有的從十五歲就要到北方去防河。「營田」：屯戍兵卒兼做開墾營田之力役。詩意謂到四十歲，又調往西邊去做開墾工作，以長期駐守。征夫於應徵時，由里長陪同到徵集處報到，包著黑髮頭，歸來時已白髮皤皤。「邊庭流血成海水，明皇開邊意未已。」在邊地作戰，傷亡甚多，血流如海水般。明皇：在歷史上漢武帝是以武力擴展疆土出名，樂府歌曲指摘當代之時事，往往借用前朝典故。此處指唐玄宗儘管如此勞民傷財，但其拓展領土之意念，並未終止。子美如此大膽將箭頭對準皇帝，表現出子美是從心底發出強烈抗議，其怒不可遏之悲憤，極爲感人。

子美寫到此處，筆勢突轉，又發展出一驚心動魄之境界。「君不聞，漢家山東二百州」，以談話之口語提醒讀者；戰火已由邊境流血成海之悽慘情況，擴展到廣大的內地。詩意謂：你聽說過否？華山以東之很多州郡，原爲肥沃千萬村落，今卻滿生荊棘，滿目凋敝。子美自目前田園之荒蕪，連想到全國戰亂景象，加深了大亂的氣氛。「縱有健婦把鋤犁，禾生隴畝無東西。」即使有強健之婦女，代男人拿鋤犁耕種，但禾稻生於隴畝上，由於阡陌不修，亦分辨不出西東。「況復秦兵耐苦戰，被驅不異犬與鷄。長者雖有問，役夫敢伸恨？」因秦地士兵，很能耐苦作戰，故更被徵募得急，驅迫他們上戰場，就如趕鷄犬一般。「長者」，是從軍者對子美之尊稱，「役夫」是士兵自稱。「縣官」代表唐王朝。從長者問二句終忍不住內心之牢騷，表達出統治者加予人民精神和肉體之痛苦。如今年冬天，關西戰爭仍未停，士卒長久無休息，同時縣長又催索租銀，租銀究從何處來？以上種種，皆因「唐王朝開邊意未已」所造成。租銀無處來，與前「千村萬落生荊杞」前後呼應。層層推進，使政府對百姓之殘酷揭發得無遺。長者起一連運用八個五言句，不僅吐露出戍卒沉痛哀怨之心情，亦表達出傾訴苦痛急切之感情。

子美感慨：生男不如生女好，蓋生女尚可嫁到近鄰，隨時可相見，生男須至邊遠爲國去作戰，多喪命沙場，連重男輕女之傳統觀念都因悲悽之現實而改變，反映出人民在心理上受到沉重之摧殘。最後子美用極哀傷之筆調，描寫因長期戰爭，百姓心靈上烙印著殘酷之陰影。子美道：你們沒見那青海邊之古戰場上，平沙茫茫，白骨遍野無人收，新鬼死而不瞑目，舊鬼不停哭啼聲。陰風淒淒，鬼哭慘慘，一片冷寂之情景。低沉之色調與開首人聲沸騰之氣氛，形成相反強烈之對照，此情此景，皆因「開邊未已」所造成。寫至此，子美那種酣暢之激情得以充量之發抒，揭發唐王朝窮兵黷武之罪惡，可謂淋漓盡致。

《兵車行》，爲杜甫之名著，歷代推崇，此爲一篇敍事詩，前段寫人馬嘈雜之聲音，送行者之哭聲，戰馬之嘶叫，煙塵滾滾，使中段之傾訴哀傷，渲染得更濃，中段之長敍，又加深前段征夫之哀怨，前後輝映，互相補充。情節之發展與句型、音韻之變換緊密結合。末段代人描述，子美激切奔騰之感受，皆自然匯聚在全詩之首尾。作者那種焦慮不寧，內心如焚之形象，彷彿全部呈現在讀者之眼前。全詩隨著敍事、句型、韻脚不斷變化，三、五、七言，錯綜運用，加強了詩歌之生動。開首三字一句，顯示急促、短迫的節奏，扣人心弦。後面忽轉爲八個五字句，表達出「行人」壓抑不住之憤恨哀傷之激情，格外傳神。全詩八韻，四平四仄，抑揚頓挫，聲情並茂。

《貧交行》

翻手作雲覆手雨，紛紛輕薄何須數。君不見管鮑貧時交，此道今人棄如土。

這首歌行，杜甫作於天寶十一年（七五二），四十一歲，時居長安。召試文章，爲宰相李希烈所忌，送隸有司參列選序。三月暫歸東都，不久又返回長安。此時子美飽嘗世態炎涼之滋味，故憤而作此詩抒解內心之苦痛。首句「翻手作雲覆手雨」卽給人一種朝秦暮楚，勢利之交之可怕感受。官場中人，得意時便如雲之趨合，失意時卽如雨之紛飛，翻手覆手之瞬間，變化迅速無常。開首不僅凝鍊、生動，總攝全篇。又能承引出第二句，「紛紛輕薄何須數」，乃輕視世態，憤慨至極。第三句引《史記．管晏列傳》之故事，反襯出今日社會之勢利。昔管仲與鮑叔交。管仲曰：「吾始困時，嘗與鮑叔賈，分財利，多自與，鮑叔不以我爲貪，知我貧也。吾嘗爲鮑叔謀事，而更窮困，鮑叔不以我爲愚，知時有利不利也。」

最後曰：「生我者父母，知我者鮑子也。」將古道與現實作一對比，給抨擊現實勢利之詩增添無限光彩。此詩之主旨是攻擊現實之不講道義。末句是說古道今人棄之如土，彼此交往純爲相互利用。此詩語短而意深。作者以正反對比手法，益增古道式微之歎，也使我們更了解子美內心之鬱結與憤懣。

《月夜》

今夜鄜州月，閨中只獨看。遙憐小兒女，未解憶長安。香霧雲鬟濕，清輝玉臂寒。何時倚虛幌，雙照淚痕乾？

天寶十五年肅宗至德元年（七五六），杜甫四十五歲，六月，安史叛軍攻進潼關，潼關失守。子美帶領妻兒自奉先到白水。白水陷入混亂，又帶領一家逃到鄜州，寄居羌村。七月肅宗（李亨）卽位於靈武（今寧夏靈武縣）。子美於八月間獨自北上延州（今延安），期望趕到靈武，爲平亂效力，但叛軍已擴展到鄜州以北。他想出蘆子關到靈武，未料途中卽被安祿山部隊所俘，送到長安。幸而他官小，未被囚禁。他在長安避難時，望月思家，此詩卽在秋天月夜所寫。題爲《月夜》，子美望的是長安月，如從其自己落筆，題目應是《今夜長安月，客中只獨看》，而他是忖度妻子之心情，對自己之安全不知如何在焦急，神馳千里，故直寫「今夜鄜州月，閨中只獨看」。自己隻身在外，當然是獨自看月，妻身邊有兒女，何以仍是「獨看」？什「遙憐小兒女，未解憶長安」頷聯有了答案，妻子看月，並非欣賞月色，而是懷念長安的丈夫，小兒女不懂世事，還想不到在長安的父親。以小兒女之矇昧，反映出妻之憶長安，以突出「獨」字。起聯與頷聯中的「憐」、「憶」皆不宜忽略過，應與「今夜」、「獨看」聯繫起來加以品味。明月懸空，每月本都可欣賞月的風光，獨指「今夜」之「獨看」，則內心回憶到往日之「同看」與未來之「同看」。往日之「同看」隱含於一、二聯中，未來之「同看」則寫在尾聯中。

安史叛亂之前，子美困於長安十年之久，其中有一段時間，是與妻度過，當然同賞過長安月，留下深刻之記憶。長安淪陷後，逃難到羌村時，與妻同看鄜州月而共憶長安，今獨自陷落亂軍中，妻「獨看」鄜州月同時「憶長安」，「憶」就充滿辛酸淚，而交織著憂慮與恐懼。這個「憶」字，含意極深，令人尋思，昔日與妻看鄜州月而憶長安，是百感交集，但尙有妻在旁分憂，如今妻「獨看鄜州月而憶長安」。因小兒女天眞幼稚，只能增加其負擔，如何爲她分憂？「遙憐」

的「憐」字，亦蘊含深情，感人至深。頸聯通過妻獨自看月的描述，進一步由看月而憶長安，更擔憂其夫之安危，如何不熱淚滿面？此全是子美想像之情景，當深夜不眠，想到妻子憂心忡忡，兩地看月各有淚痕，遂以表現希望作結。「何時倚虛幌，雙照淚痕乾」？「雙照」是說當月光照著二人在一起時，淚痕始乾；「獨看」淚痕永不乾，意在言外。

此詩借看月而抒離情，所表達的非一般俗婦庸夫所抒發的感情。《月夜》每一個字，皆從月光中映出「獨看」、「雙照」。「獨看」、「雙照」爲此首詩之眼。詩旨婉約，章法謹嚴，如黃生所評：「五律至此，無忝詩聖矣」。

《春望》

國破山河在，城春草木深。感時花濺淚，恨別鳥驚心。烽火連三月，家書抵萬金。白頭搔更短，渾欲不勝簪。

唐肅宗至德二年（七五七），丁酉。杜甫四十六歲。是年三月，在長安作此五律。至德元年六月，安史叛軍攻陷長安。七月子美聞肅宗於靈武卽位，遂將家眷安置在鄜州羌村後，去晉謁肅宗。途中爲叛軍所俘，送到長安，以其官卑，不值囚禁獲釋放。

起聯兩句描寫春望所見：首都淪陷，全城被安史叛軍洗劫殺戮，一片殘破景象，城空無餘物，內心感到無限傷痛，雖山河依舊，春如往昔，但荒草遍地，表示無人淸理。樹木雖依舊茂密，一個「破」字，令人觸目驚心，一個「深」字使人感到滿目荒涼。司馬光曰：「山河在，明無餘物矣；草木深，明無人矣。」

（《溫公續詩話》），此詩表面上是寫景，實則藉景抒感，寄情於物。明代胡震亨極贊此聯曰：「對偶未嘗不精，而縱橫變幻，盡越陳規，濃淡淺深，動奇天巧」（《唐音癸籤》卷九）。

頷聯二句，有兩種解釋：㈠花鳥本供人欣賞之物，但因感時局戰亂，又無法與家人通音訊，故見景生感而落淚。㈡以花鳥擬人性化，花因戰亂亦落淚，鳥見空城無人亦傷心。二說表面雖有差異，但感受是相通的，一是見景傷悲，一是移情於物，正是子美詩句含蘊之豐富。起聯與頷聯，皆集中在「望」字中，子美上下瞻視，視線由高而低，由近而遠，由遠而近，從城池至山河，再由城池至花鳥。情感則由含蓄至明朗。在情景之變化中，顯出首都之淪落殘破，連花鳥都在悲傷。

頸聯「連三月」：指正、二、三月。此三個月中，史思明、蔡希德等圍攻太原，受到李光弼之抵禦；郭子儀引兵自鄜州出擊崔乾祐於河東；安守忠等自長安出兵西寇武功。各方戰事緊急，杜甫家在鄜州，音信杳然。因戰火連續不停。思家之急切，懸繫家人安危之焦慮，時刻都感到不安，此時如能得到家信，眞勝過得到萬金。此詩寫出子美迫切期盼接獲親人信訊之心情，眞實動人，極易引起讀者共鳴，因而成爲千古之名句。

結聯「白頭」：白髮。因思親人而愁，以致滿頭白髮，「搔」是想解決愁之動作。「更短」，因煩惱時，不經意的搔頭髮，年紀老，白髮稀少，愈搔愈易斷落，故曰「搔更短」，可見作者愁之程度。渾：解作「簡直」。簪：用以束髮之首笄，抒寫在國破家亡，離亂悲傷之外，又嘆年老體衰，更增一份悲哀。這首五律反映出子美憂國憂民，思家念親之傳統美德，全詩脈絡貫串而不平板，情景融合而不游離，感情強烈而含蘊，格律嚴謹而不滯泥。詩句鏗然有聲，氣韻靈活有風味，屬於以仄起又以仄作結之五律正格，是以千餘年來，膾炙人口，歷久而彌新。

《月夜憶舍弟》

戍鼓斷人行，邊秋一雁聲。露從今夜白，月是故鄉明。有弟皆分散，無家問死生。寄書長不達，況乃未休兵。

唐肅宗乾元二年（七五九），己亥，杜甫四十八歲，春二月，自東都陸渾莊至長安。再途經新安、石壕、潼關歸華州。因當時關輔饑饉，七月棄官西走，越過隴山，客居秦州，秋杜甫作此詩。此年九月，史思明自范陽引兵南下，攻陷汴州，西進洛陽，山東、河南皆在戰亂中。當時子美幾個弟弟都流離在這一帶，由於戰爭阻隔，無法通音信，子美不僅強烈懷念，且擔憂他們之安全，寫此詩以表達內心之焦慮。思親懷友是極常見之題材，如無技巧，卽落於平庸、俗套，僅憑生活體驗是不够的，必須加上特殊匠心。子美對此類平淡題材的處理，顯出他的高超手法。

這是一首五言律詩，起聯卽突出不平。未先點出「月夜」，因題目是「月夜」故先描寫邊塞秋景。戍鼓：戍樓上之更鼓。秦州城樓上有戍兵守夜，並定時擊鼓。邊秋：寫那秋天的邊塞，只聽到孤雁在鳴叫。路斷行人，描述出目所睹；戍鼓雁聲，寫出耳所聞。沉寂單調之戍鼓聲與天邊孤雁之鳴叫聲，使人益增荒凉冷落之氣氛，「斷人行」說明戰事激烈，行人都被阻塞不能行。前兩句雖未直接寫月，卻是描繪月夜景色。

頷聯「露從今夜白」，因秋已到，故露水自今夜降下來，已經帶有白色，既寫秋景又寫淸冷之寒意。「月是故鄉明」雖是寫景，但與上句不同，因寫「故鄉月」投注了感情在內，宇宙間只有一個月亮，「月是故鄉明」，明明是自己心理上之主觀感受，深刻的表現了詩人思鄉之情。此兩句在度句上極表現功力，語氣亦格外矯健有力。故王得臣曰：「子美善於用事及常語，多離析或倒句，則語健而體峻，意亦深穩」（《麈史》）。從此詩中可知子美化平板爲神奇之妙筆。以上四句，若不細加分析，似與懷弟無關，其實其聽戍鼓，聞雁聲，見寒露，無不由物生情，引出懷弟手足之情，可謂句句有情，字字懷弟。

月夜最引人遐思，想起家鄉、親人。子美經常生活在離亂中，又值如此清寒之月夜，自然思緒在內心浮動，更增思念。頸聯「有弟皆分散，無家問死生」。上句說弟弟們皆分散，各居一方，下句更慘，連家都被破壞，無家可歸，連信都無處寄，使弟弟們生死不明，眞寫得慘痛斷腸。尾聯「寄書長不達，況乃未休兵」，與《春望》中「烽火連三月，家書抵萬金」一樣，皆有戰亂中生活之深刻體驗，故能寫出如此凝鍊警策之佳句。

起首言「斷人行」，尾言尙「未休兵」，首尾相應，承轉圓熟，結構謹嚴。「未休兵」則「斷人行」，望月則思弟，「無家」則「寄書不達」，人「分散」則「死生」不明，一句一轉，一氣呵成，題材雖平淡，筆法卻高明，對仗亦極精工。

《天末懷李白》

涼風起天末，君子意如何？鴻雁幾時到，江湖秋水多。文章憎命達，魑魅喜人過。應共冤魂語，投詩贈汨羅。

《天末懷李白》與《夢李白二首》，是杜甫同時期之作，皆唐乾元二年（七五九）秋在秦州寫成，子美四十八歲。一是聞李白被放逐，悲痛其不測之遭遇，一是遇赦在歸途中之擔憂。回來經長江、洞庭湖諸地，始可回到湖南，杜甫設想其途中可能會遭到之恐怖與驚險。此首五律，內容含寓著無限關懷，此「懷」字極傳神。此外，如「意如何？」「幾時到？」「應共語」皆爲關注故人之語。

起聯「涼風起天末，君子意如何？」「天末」：卽天邊，「君子」指李白。秋風瑟瑟，景物蕭索，悵望雲天，君子有何感？使人感到人海茫茫，世途凶險，內心無限悲悽。「君子意如何」是憑空而起，看是一句隨意之寒暄語，實際語中有無限關心，此一問表達出極思念之心情。頷聯故人遇赦是一件喜事，但無音信，焦急之心情無法抒解，故禁不住的問「鴻雁幾時到」？瀟湘洞庭，風浪險阻，因慮「江湖秋水多」，李慈銘曰：「楚天實多恨之鄉，秋水乃懷人之物」。悠悠遠隔，望穿秋水不見故人之音息，蒼茫江湖，唯有寄語以期保重。

頸聯：思念故人，而不獲音訊，進而又對其身世之同情。文章，卽文學。一般人以爲文章著名者，其命運往往困厄，彷彿文章憎惡命運亨通，語極悲傷，有「悵惘千秋一洒淚」之哀傷。魑魅：山精水怪喜人經過，以便飽餐。此處意謂：李白長流夜郎，是遭人陷害。此句含有哲理，意味深長。高步瀛引邵長蘅評：「一憎一喜，遂令文人無置身之地。」此二句說明自古以來才智之士，往往有共同之命運，無異是對歷史上無數才智之士的命運做總結。尾聯冤魂，指屈原，屈原被讒，放逐江南，自投汨羅江，含冤莫辨。此時李白流寓江湘，杜甫很自然聯想到屈原。屈原因憤恨小人當道，忠臣被貶，不願再見此黑暗之仕途，自投汨羅江而死。李白之遭遇與屈原有相同之處，故杜甫在設想，李白會向屈原之冤魂傾訴共鳴之心聲。因李白曾參予永王璘幕府工作，原想助李璘平安史亂，一淸中原，結果獲罪被貶；幸中途遇赦而返，但內心仍憤恨，無法宣洩。「欲共寃魂語」正表達出李白內心之感受。末一句用一「贈」字，是想像屈原精神生命永存人間，其寃魂不散，故可贈詩以寄情意，「贈」字運用得妙，想像力極強。黃生曰：「不曰弔而曰贈，說得寃魂活現」（《讀杜詩說》）。

此首乃因秋風感興而懷故人之抒情詩，因友情十分強烈，故文字奔騰浩蕩，一瀉千里，而感情之表達千廻百轉，含蓄蘊藉，讀全詩，如展閱一封老友之書信，充溢著殷切之關懷與思念。詩中字字發自內心深處之情感，反復詠嘆，低廻婉轉，實爲杜甫抒情傑作。

《曲江對酒》

苑外江頭坐不歸，水精宮殿轉霏微。桃花細逐楊花落，黃鳥時兼白鳥飛。縱飲久判人共棄，懶朝眞與世相違，吏情更覺滄洲遠，老大徒傷未拂衣。

這首七律杜甫寫於唐肅宗乾元元年，戊戌（七五八年）春，年四十七歲。是子美最後留居長安時之作品，此時在長安任左拾遺。春與賈至、王維、岑參在諫省，時相酬唱。四月皇上親享九廟，公得陪祀。後因上疏爲宰相房琯罷職而表不平，觸怒肅宗，遭到冷落，雖仍任職左拾遺，有名無實，無所作爲，報國之心志又落空，內心滿腹鬱悶，這首詩便在這種心境下抒寫的。

曲江，卽曲江池，故址在今西安市東南，因池水曲折而得名，是當時京都的第一勝地。

首聯與頷聯是寫曲江景色，苑，指芙蓉苑，在曲江西南，是當年帝王皇妃等游幸之處。「坐不歸」知道子美已在江畔流連很久，不是不想回去，是他內心有許多感慨情緒，使他見景生情。此爲頸聯與尾聯抒情作準備。

「水精宮殿轉霏微」水精宮殿，卽苑中宮殿。霏微是形容此時景物有迷蒙氣象，在「宮殿」與「霏微」之間，用一個轉，表示景物的變化，是承「坐不歸」而來。久坐不歸，時已屆黃昏，故看到宮殿形影已模糊，但下面之描寫，並無向晚之景色，這表示子美另有筆意，是感懷盛衰之情，而今是一種虛空寥落之情景，過去與盛時芙蓉苑一片歡笑聲，盛衰適成對比。

「桃花細逐楊花落，黃鳥時兼白鳥飛」，頷聯：形、神、聲、色、香全呈現目前。「細逐」、「時兼」描寫落花繽紛而無聲，黃鳥、白鳥飛翔而和唱，形象活潑傳神，此聯描繪出子美久坐江畔，空虛無聊，因而才注視鳥飛花落。此聯用「自對格」，兩句不使上下對仗，使此句之字詞相對。如「桃」對「楊」，「黃」對「白」。鳥分黃白，這是明點，楊花之色是暗點。桃花紅而楊花白，此種彩色又隨花之「細逐」與鳥之「兼飛」而呈現出上下飄舞之動人景色，將春光渲染得絢麗非凡。景色雖美，可惜是暮春落花時節，落花繽紛，賞心悅目，但亦易撩起春去也之傷感。

頸聯對酒述懷，傾訴內心之牢騷與愁緒，「縱飲久判人共棄，懶朝眞與世相違」，「判」：割舍、甘願。此兩句之意：我整日飲酒，早就應該被人討厭，我懶於朝政，確實有違世情，這明明是違心之論，他內心之意是說：旣然別人不喜歡我，嫌棄我，不如借酒自遣；旣不爲世用，何必勤於朝參？不僅發牢騷發到朝中人，連肅宗李亨他都不滿，把牢騷發到皇帝頭上。本來爲人臣，應以忠君爲懷，而一個人失意到極點時，就口不擇言，由此兩句可知子美之憤懣之情。

結聯「吏情更覺滄洲遠，老大徒傷未拂衣」。滄洲：水邊綠洲，古代常引作隱士之居處。拂衣：指辭官，此聯是說：只因卑官纏身，不能擺脫，故雖老邁，爲種種緣由，終未辭官而去。此處以「滄洲遠」、「未拂衣」與上聯之「縱飲」、「懶朝」相互對照，顯然是進退維谷。子美雖仕途不順，生活坎坷，但「致君堯舜上，再使風俗淳」之政治理想始終不變，直到去世之前一年（七六九），他仍勉勵人「致君堯舜上」，以國爲己任。足見子美終日飲酒懶朝，是由於抱負難展，理想落空，報國無路，苦悶之表現。

《洗兵馬》

中興諸將收山東，捷書夜報清晝同。河廣傳聞一葦過，胡危命在破竹中。祇殘鄴城不日得，獨任朔方無限功。京師皆騎汗血馬，回紇餧肉蒲萄宮。已喜皇威清海岱，常思仙仗過崆峒。三年笛里關山月，萬國兵前草木風。成王功大心轉小，郭相謀深古來少。司徒清鑒懸明鏡，尚書氣與秋天杳。二三豪俊爲時出，整頓乾坤濟時了。東走無復憶鱸魚，南飛覺有安巢鳥。青春復隨冠冕入，紫禁正耐煙花繞。鶴駕通宵鳳輦備，鷄鳴向寢龍樓曉。攀龍附鳳勢莫當，天下盡化為侯王。汝等豈知蒙帝力，時來不得誇身強。關中既留蕭丞相，幕下復用張子房。張公一身江海客，身長九尺鬚眉蒼，征起適遇風雲會，扶顛始知籌策良。青袍白馬更何有？後漢今周喜再昌。寸地尺天皆入貢，奇祥異瑞爭來送。不知何國致白環，復道諸山得銀甕，隱士休歌紫芝曲，詞人解撰河清頌。田家望望惜雨干，布谷處處催春種。淇上健兒歸莫懶，城南思婦愁多夢，安得壯士挽天河，盡洗甲兵長不用。

這是一首七排，杜甫四十八歲時，在乾元二年（七五九）春天二月寫於洛陽。此詩從藝術形式上來看，是採取華麗嚴整，並兼有古近體之長之「四傑體」，修詞富贍，對仗精工，用典妥切，氣勢雄偉，詩之韻脚，每平仄互換，音調上忽急忽緩，忽翕忽張，於熱情奔放中仍有抑揚頓挫之致，辭藻淸麗兼有勁拔之氣，讀來感到跌宕生姿，以上各項特色，皆足以增加杜詩之藝術價值。北宋王安石選杜詩，頌揚此篇爲壓卷之作（《王臨川集》卷八四《老杜詩後集序》），玆分析於後：

唐肅宗乾元二年，兩京接連收復，當時平亂情況好轉，觀察戰況，頗有一舉復興之望，故此詩內容充溢著樂觀氣氛。此詩共四轉韻，每韻十二句，自成段落。

第一段自「中興諸將收山東」至「萬國軍前草木風」，用歌頌戰情好轉開首，言在各大將努力下，已收復華山以東，河北亦收復很多地方，捷報晝夜頻傳。安史叛軍之敗亡，如破竹之勢。當時安慶緒困守鄴城（卽相州，治所在今河南安陽）故云「祇殘鄴城不日得」，意謂復興大業與善用良將有很大關係。「獨任朔方無限功」，是讚揚當時北方之節度使郭子儀在平叛軍中有功勞。「已喜皇威清海岱」以上，句句皆敍述克敵之戰況，以下語稍有轉折，因此時河北尚未完全收復，「常思仙仗過崆峒」，意有警惕肅宗宜居安思危，莫忘鑾輿播遷，往來於崆峒山（今甘肅平凉西）之艱難歲月，接著以「三年笛里關山月」一聯，概括的抒寫出戰禍給人的災害，安史亂三年，人民飽受離亂饑餓之苦，胡應麟曰；「三年笛里」一聯以和平端雅之詞，寓憤郁淒戾之思，古今壯句者難及此（《詩藪》卷五）。

第二段自「成王功大心轉小」至「鷄鳴向寢龍樓曉」接篇首「中興諸將」四字，用鋪張排比之句法，對李豫、郭子儀等讚揚，成王卽李豫，收復長安、洛陽兩京，李豫此時爲兵馬元師，「功大心轉小」是讚頌他立功後，益加小心從事。接著又盛讚郭子儀深謀遠慮、司徒李光弼之高瞻遠矚、尙書王思禮之高遠氣度。四句中之前二句平鋪直敍，後兩句略作比喻，鋪敍排比中有變化，頌語旣切合各人事跡與身份，又寫出對光復大業有貢獻之豪俊之欽佩。「二三豪俊爲時出」總結前意，認為他們本來就是重整乾坤者。「東走無復」以下六句承接「整頓乾坤濟時了」而展開描敍，從整個天下之喜慶到宮禁中之新氣氛，筆調輕活，軍民不再為戰亂而逃奔，百姓可自此安居樂業，朝廷亦能行昏定晨省之宮廷禮。上君下臣，呈現一片祥和。

第三段「攀龍附鳳勢莫當」至「後漢今周喜再唱」，一開首卽揭開朝政之弊端，以及朝廷賞爵位無原則，使投機者無功者反而受賞，有功者竟然落空。故有「天下盡化為侯王」之憂，「汝等」二句，卽斥責此輩，筆調一變而為憤激。接著又將張鎬、房琯等與上述之腐朽權勢相對來頌揚，筆調亦轉為輕鬆。「青袍白馬」句用南朝北來降將侯景比安、史，謂其不堪一擊；「後漢今周」句是用周、漢之中興比作時局。當時房琯、張鎬皆已免職，子美希望朝廷再重用房、張，是以特加頌揚與讚美，此段子美表達出政治見地。

第四段，自「寸地尺天皆入貢」至篇末「盡洗甲兵長不用」，先用六句敍述「後漢今周喜再昌」之意，言四方皆來朝貢，海內呈現一片吉祥之氣，舉國上下皆稱賀。下面是說，今後隱士們不再避亂世，文士們皆賦歌頌之詩文，呈現出安祥之氣氛。他又想到人民的生活，時正值春耕，卻遭逢天旱，故祈盼上蒼降甘露。而「健兒」、「思歸」仍未得團聚。子美認為社會之安定，生產之恢復，皆賴戰爭之最後勝利。其鼓勵圍邺之「淇上健兒」以「歸莫懶」，殷切之期盼成功，語雖不多，而子美吐露出對人民之關懷。其在篇尾寫出內心之強烈願望與詩章之最強音調「安得壯士挽天河，盡洗甲兵長不用」。

第三期（公元七五九—七七〇）

《壯遊》

往昔十四五，出遊翰墨場。斯文崔魏徒，以我似班揚。七齡思卽壯，開口詠鳳皇。九齡書大字，有作成一囊。性豪業嗜酒，嫉惡懷剛腸。脫略小時輩，結交皆老蒼。飲酣視八極，俗物多茫茫。東下姑蘇臺，已具浮海航。到今有遺恨，不得窮扶桑。王謝風流遠，闔廬丘墓荒。劍池石壁仄，長洲荷芰香。嵯峨閶門外，清廟映回塘。每趨吳太伯，撫事淚浪浪。枕戈憶句踐，渡浙想秦皇。蒸魚聞匕首，除道哂要章。越女天下白，鑑湖五月涼。剡溪蘊秀異，欲罷不能忘。

歸帆拂天姥，中歲貢舊鄉。氣劘屈賈壘，目短曹劉牆。忤下考功第，獨辭京尹堂。放蕩齊趙間，裘馬頗清狂。春歌叢臺上，冬獵青丘旁。呼鷹皁櫪林，逐獸雲雪岡。射飛曾縱鞚，引臂落鶖鶬。蘇侯據鞍喜，忽如攜葛強。快意八九年，西歸到咸陽。許與必詞伯，賞遊實賢王。曳裾置醴地，奏賦入明光。天子廢食召，羣公會軒裳。脫身無所愛，痛飲信行藏。黑貂不免敝，斑鬢兀稱觴。杜曲晚耆舊，四郊多白楊。坐深鄉黨敬，日覺死生忙。朱門任傾奪，赤族迭罹殃。國馬竭粟豆，官雞輸稻粱。舉隅見煩費，引古惜興亡。河朔風塵起，岷山行幸長。兩宮各警蹕，萬里遙相望。崆峒殺氣黑，少海旌旗黃。禹功亦命子，涿鹿親戎行。翠華撫英岳，螭虎噉豺狼。爪牙一不中，胡兵更陸梁。大軍載草草，凋瘵滿膏肓。備員竊補袞，憂憤心飛揚。上感九廟焚，下憫萬民瘡。斯時伏青蒲，廷爭守御牀。君辱敢愛死，赫怒幸無傷。聖哲體仁恕，宇縣復小康。哭廟灰燼中，鼻酸朝未央。小臣議論絕，老病客殊方。鬱鬱苦不展，羽翮困低昂。秋風動哀壑，碧蕙捐微芳。之推避賞從，漁父濯滄浪。榮華敵勳業，歲暮有嚴霜。吾觀鴟夷子，才格出尋常。羣凶逆未定，側佇英俊翔。

唐代宗大曆元年（七六六）丙午，杜甫年五十五歲在夔州所作，是以五言古風寫的自傳，共五十六韻，一百一十二句。可分作六段。自首句至「俗物多茫茫」爲第一段。

第一段追懷往事，敍述中有一股高傲狂放之氣勢，自命不凡，豪邁不羈。七歲能賦詩，構思已精深，九歲能寫大字，十四五歲，卽出入文壇，與名士唱和，如魏啟心、崔尚等，並結爲好友，崔、魏許子美詩有兩漢班固、揚雄之成就，隨口歌詠鳳凰，當時所作之詩可裝成一袋。性格爽朗，喜飲酒，對世事疾惡如仇，自恃才高，個性剛烈，結交皆老蒼，對同輩之青年人不屑一顧。當酒酣後，縱視天下，環顧四海，對任何俗事俗物皆不放在眼中。子美寫平生事蹟，文字用詩不用文，讀者宜從詩體技巧上分析欣賞。出遊：卽出入。翰墨場可解爲文壇、文苑、考場等。斯文：語出《論語》，在此處有文壇領袖之意。「崔、魏」原詩注：「崔鄭州尚，魏豫州啟心。」崔尚，武則天久視二年（七〇一）進士；魏啟心，唐中宗神龍三年（七〇七）及第，皆當代有聲望者。開口：隨口之意。業：有既、又、原來等義。剛腸：卽剛強正直之心腸。脫略卽脫落。猶言輕忽、不在意。八極：指八方。

第二段自「東下姑蘇臺」至「欲罷不能忘」。開元十九年（七三一）杜子美始作吳越之遊。「東下姑蘇臺」是記述下姑蘇，渡浙江，遊剡溪之經過。從遊覽古蹟所見所感落筆，其中涉及到東晉王謝兩大名族中之風流人物，如王導、謝安，以及吳王闔閭墓、吳太伯廟、越王勾踐當年誓雪國恥，臥薪嘗膽。又憶起東巡錢塘之秦始皇，當蒸食鱸魚，聞到肉香，魚肚裏暗藏短劍。當看到人們清掃道路，想起腰帶印綬、潑水休妻之朱買臣，不禁哂笑他行徑之寒睃。越國之女，可謂天下最白者。三百里鑒湖之五月，氣候分外涼爽。剡溪景色幽美，彷彿蘊蓄著秀異之氣，這一切卽使想將它遺忘，亦不可能忘懷。

姑蘇臺：遺址在今江蘇省蘇州，傳爲吳王闔閭所建。扶桑：古時傳說海外之日本有扶桑園，我國亦稱日本爲扶桑。王謝：是東晉時兩大名族，出過不少風流人物，如王導、謝安等。闔閭：吳王闔閭，卽公子光。墓在蘇州閶門外，傳說葬三日，有白虎踞其上，故曰虎丘。劍池：在蘇州虎丘山上，有石壁高數丈，傳係吳王闔閭鑄劍處。仄：傾斜。長洲：苑名。遺址在今蘇州西南。閶門：卽蘇州西門。清廟：指吳太伯廟，在閶門外。吳太伯：周文王之伯父。爲讓位給弟季歷

（文王父），逃到南方，自號「勾吳」。墓在今蘇州梅里聚。枕戈二句：應在「蒸魚」、「除道」句下。勾踐卽越王勾踐。越爲吳所破，勾踐嘗臥薪嘗膽，後來終於復國。秦始皇，嘗游會稽、渡浙江。蒸魚句：公子光令專諸將匕首藏在蒸熟之魚肚中，進食時刺殺王僚，奪得王位。除道句：古代縣令以上官出巡，皆先使人民淸掃道路。「要章」之要同「腰」。古時做官者印章常攜帶在身邊，故稱要章。朱買臣貧賤時，很受鄉人及妻子輕視，後拜爲會稽太守，故意衣舊日服裝回來，人們見他腰間掛著腰章，皆驚惶失措。鑒湖：在浙江省紹興縣南，卽曹娥江之上游。

第三段自「歸帆拂天姥」至「忽如攜葛強」。開元二十三年（七三五）子美二十四歲，結束吳越之旅，經天姥山赴洛陽應進士試，子美認爲論辭賦可與屈原、賈誼匹配，論詩文可俯視曹植與劉楨之門牆。殊料到詩文不合時宜，居然落第，遂獨自離開東都洛陽。從此放縱遊蕩，在齊、趙一帶，如獨行俠，整日馳馬射箭，生活輕鬆無任何壓力。春天高歌在趙王之叢臺上，冬天在齊景公畋獵過之青丘之旁田獵，呼鷹射鳥，在皂櫪林中，追逐野獸，在雲雪岡上，射殺飛禽，嘗縱馳胯下駿馬，引臂拉弓，鷲鶬立刻落地。此情此景，蘇侯源明，坐在雕鞍上不禁歡喜，他像是晉代之襄陽太守簡，而我乃其身旁愛將葛強。中歲：指杜甫二十四，故稱中歲。劘：迫近之意。蘇侯：原注云：「監門胄蘇預」。蘇預，字源明、武功。此時他在蘇州、兗州一帶作客，常與杜甫同遊打獵。葛強：晉山簡之愛將，常與山簡同游。

第四段自「快意八九年」到「引古惜興亡」。八九年，子美自開元二十四年（七三六）游齊、趙至天寶五年（七四六）回長安，約十年左右，惟其間在開元二十九年（七四一）曾返洛陽，至天寶三年（七四四），始遊齊、趙，故曰八九年。這種快意的生活放蕩了八九年，又西行來到渭北咸陽。回憶當年在長安，互相稱頌者多為文豪詩伯，遊伴中竟有李璡這樣賢王，吾曳著衣裾出入王公府第，常受到他們的尊敬禮遇，後奏獻三大禮賦，終於登上明光寶殿。天子閱完我之辭賦，嘗廢食召見，此時集賢院之學士們，亦圍觀我揮毫在中書之堂。我並未因此而獲重用，辭謝了河西縣尉之卑下職位，自此終日痛飲，自思「用之則行，舍之則藏！」但困居長安，黑貂皮裘，愈穿愈舊，漸漸兩鬢髮白，天天握著酒杯不放，歲月悠悠，親朋故舊日少，墳墓卻增多。京都四郊，白楊蕭蕭，吾在衆人中能坐上位，是爲了我年長，方得到鄉長們之尊敬。惟我一事無成，自感一天比一天蒼老，接近墳墓愈來愈近。可歎那些朱門大戶，皆肆意的互相傾軋，你爭我奪，今日誅滅三族，明日滿門抄斬，在輪流著遭殃。國家之舞馬、立仗馬，吃不盡之粟與豆，公家之鬪雞，每天有人送食物，由此種種可看出朝廷之奢侈浪費。子美引古傷今，痛惜極深，此爲國家日趨衰亡之徵兆。許與：卽稱許。詞伯：卽文豪詩伯。猶言文壇前輩，指岑參、鄭虔等。賢王：指汝陽王李璡。曳裾：曳卽拖；裾：是衣大襟，行走時拖曳衣襟。古代文人服飾如此。置醴：醴是美酒。古代諸侯醴酒以延文士。奏賦：指獻三大禮奏賦事。明光：漢宮名，此借用。軒掌：車服。脫身句：「愛」有人解作「受」。杜甫獻奏賦後，待制集賢院，天寶十四年（七五五），被拜爲河西尉，未就職。行藏：行，指出來作官，藏：卽退而隱居。語出《論語・述而》：「用之則行，舍之則藏。」黑貂句：戰國時蘇秦至秦國去求官，所穿之黑貂裘已破敝，結果未求到官。以此自比，言當時窮苦之狀。「兀稱觴」：「兀」是兀自，有「還」、「尚」、「猶」等義，爲當時口頭語。

杜曲卽杜陵，在長安城南，是杜甫故居。換：作晚。白楊：古時墓上多種白楊。鄉黨：鄉里。坐深：坐猶徒也、空也、枉也。意言耆陽凋喪殆盡，亦空致其桑梓之敬而已。赤族：滅族，誅殺連族。國馬：指玄宗所養之「舞馬」、「立仗馬」等，均衣文采，飼以粟豆。官鷄：所養之鬪鷄。玄宗喜鬪鷄，設立鷄坊，使人民輸納稻粱以養鷄。舉隅：舉一隅爲例。

第五段自「河朔風塵起」至「羽翮困低昂」。果然未出子美所料，朝廷因過份奢侈，國難必定來臨。天寶十四年（七五五），安祿山於范陽（河北省）興兵叛亂，玄宗逃往蜀，故言「岷山行幸長」。兩位皇帝，一在成都，一在靈武，故曰「各警蹕」。一在南，一在北，萬里相距，唯遙遙相望。崆峒兩句指肅宗至平涼收兵興復。以太子身份在靈武卽位。禹功二句，指肅宗命子廣平王俶親征。《通鑒》載，至德二年二月，上至鳳翔旬日，隴右、河西、安西、西域之兵皆合。卽詩中所云：「翠華撫英岳」（「英」又作「吳」）。爪牙四句寫至德元年十月房琯、陳濤之敗與第二年五月郭子儀復敗可淸渠事。以上對歷史變故一一概述，音節短促，氣氛緊張。備員句指任左拾遺事，身爲諫官，面對山河破碎，滿懷憂憤，內心充滿焦急不安。對上有感於天子九廟俱毀，對下不能解救百姓所遭之傷害，從詩中可窺出子美激昂之情緒與不爲所用之隱痛。正在此時，爲極陳時弊，嘗伏泣於宮內之青蒲席上，爲房琯罷相，亦曾面折廷諫，跪在天子之御床之旁。因諫言分量重，君王認爲受辱，我不畏死，但未想到因此會激怒皇帝。終於因天子躬行仁愛之道，結果收復了東西二京，四海之內，始又恢復小康，我也回到長安，哭弔宗廟燒成一片灰燼，流淚傷痛，在未央宮前。不幸竟被貶華州，棄官流亡，再不能對國是建議。而今多病，年屆暮年，尙作客異鄉，今吾鬱鬱不樂者，爲滿懷壯志未伸，正如一隻傷弓之蒼鷹，被困住兩隻搏雲之翅膀。各警蹕：皇帝所到之處，卽行戒嚴、遮斷行人。崆峒：山名，在甘肅，此泛指西方，指肅宗至平凉收兵興復。少海：古代稱東方爲少海。也有用少海稱太子，謂肅宗以太子身份卽位靈武，故曰「旌旗黃」。禹功：夏禹以帝位傳予子啟，此比喻肅宗命子廣平王俶。涿鹿：山名，於今河北省涿鹿縣東南。相傳黃帝與蚩尤戰於涿鹿。此喻肅宗親征。翠華：指皇帝儀仗，皇帝旗以翠羽爲飾。「英岳」又作「吳岳」。吳岳卽吳山，在鳳翔附近，或注在隴州，此指肅宗自靈武移駐鳳翔。

屈第六段秋風悚動荒山谷壑，連山上之碧蕙，已失去往日芳香。惟吾無怨無恨，想到春秋時之介之推，負母隱居綿山，避晉文公賞。又想到屈原遇到那位魚父，所唱之楚歌「滄浪」歌，試看榮華富貴，勛功偉業，多埋匿著災禍，應知道天寒歲暮，任何鮮豔之花朵，亦躲不過風雪寒霜，故我認為唯有功成隱退之鴟子皮，論才品可謂超乎羣倫。想到羣凶謀反，迄今未能剿滅，吾願佇立在此，期待安邦定國之俊才勇士，能振翅高翔。杜甫由於朝廷放棄他，遂產生如此逃世心理，但子美愛國，祈盼有俊傑之士出來救國。介之推：春秋人，跟隨晉文公出亡十九年，及文公返國，對功臣論功行賞，唯介之推拒絕。屈原作《漁父》云：漁父莞爾而笑，鼓枻而去，乃歌曰：「滄浪之水清兮，可以濯吾纓；滄浪之水濁兮，可以濯吾足。」榮華：如榮華勝於勛業，必有危機，此處用嚴霜作危極之比喻。鴟夷子：指春秋大夫范蠡，他佐助越王勾踐復國，但了解勾踐可共患難不可共安樂，遂棄官泛海江湖，自號鴟夷子皮。

全詩讀後，前半是敍述其年少時，目空一世，似有獨行俠氣槪，敢闖，敢說，可稱為豪壯，後半感慨人生與病老生活，可謂悲壯，令人讀後愴然淚下。清楊倫《杜詩鏡》引蔣弱六語曰：「後文說到極淒涼，未免衰颯，正是烈士暮年，壯心不已之意。想見酒酣耳熱，擊碎唾壺時一題目妙，只說得上半截，或謂前半不免有意誇張，是文人大言，要看其反面，有血有淚十年也。」這段評語頗能分析子美個性，文人習慣，甚爲切實際而中肯。前半誇張，使全詩跌宕多姿，在潦倒無助，在窮因孤獨之中，在朝廷冷落之時，親友無一字之情況下，回憶往事，其能不爲逝去之歲月而感慨？子美在未寓居草堂之前，生活經歷，雖不順意，但較草堂時順意得多。所以前半故意敍述生活快愉，目空一切，是有意調和後半窮苦之無告。此詩之旨在一「壯」字，樂亦壯，悲亦壯。《杜詩鏡銓》卷十四，劉後村云：「此詩押五十六韻，在五古風中尤多悲壯，語雖荆卿之歌，雍門之琴，高漸離之筑，音調節奏，不如是之跌宕豪放也。」王嗣奭曰：「此乃公自爲傳，其行徑大都似李太白。然李一味豪放，公卻豪中有細。」又云：「觀其吳越齊趙之遊，壯歲詩文，遺逸多矣，豈晚歲詩律轉細，自棄前魚耶。」篇中揚字浪字，韻脚重拈，但字同義異，不妨互見，若字異義同，卻不可用矣。杜集中，敍天寶亂離事凡十數見，而語無重複，其才思能善於變化。

《觀公孫大娘弟子舞劍器行》

昔有佳人公孫氏，一舞劍器動四方。觀者如山色沮喪，天地爲之久低昂。燿如羿射九日落，矯如羣帝驂龍翔，來如雷霆收震怒，罷如江海凝清光。絳唇珠袖兩寂寞，晚有弟子傳芬芳。臨潁美人在白帝，妙舞此曲神揚揚。與余問答既有以，感時撫事增惋傷。先帝侍女八千人，公孫劍器初第一。五十年間似反掌，風塵澒洞昏王室。梨園弟子散如煙，女樂餘姿映寒日。金粟堆南木已拱，瞿塘石城草蕭瑟。玳筵急管曲復終，樂極哀來月東出。老夫不知其所往？足繭荒山轉愁疾。

此首七言歌行，是杜甫於唐代宗大曆二年（七六七）丁未，時年五十六歲，在夔州所作。詩序言：「大曆二年十月十九日，夔府別駕元持宅見臨潁李十二娘舞劍器，壯其蔚跂，問其所師，曰：『余公孫大娘弟子也。』開元五載，余尚童穉，記於郾城觀公孫氏舞劍器渾脫，瀏灕頓挫，獨出冠時。自高歌宜春、梨園二伎坊內人洎外供奉，曉是舞者，聖文神武皇帝初，公孫一人而已。玉貌錦衣，況余白首。今茲弟子，亦匪盛顏。既辨其由來，知波瀾莫二。撫事慷慨，聊爲《劍器行》。往者吳人張旭，善草書書帖，數常於鄴縣見公孫大娘舞西河劍器，自此草書長進，豪蕩感激，卽公孫可知矣」。

就序文所言，知公孫大娘，乃唐開元時一位知名度甚高之舞蹈家，其劍器渾脫天下無雙。蔚跂：雄渾豪宕貌。劍器：其舞用女伎穿軍裝，舞起來，有一種雄健剛勁之姿勢與瀏灕頓挫之節奏。渾脫：亦武舞名，從胡舞「潑寒胡戲」演變出來，舞態跟劍器舞一樣雄壯。劍器與渾脫合起來之舞謂「劍器渾脫」。瀏灕：形容舞態活潑。獨出冠時：言公孫大娘之舞技爲當時之冠，無人能及。高頭：卽前頭之意，言常在皇帝面前表演。宜春、梨二伎坊：開元二年（七一四）玄宗在蓬萊宮之旁設置「教坊」，令宮女數百演習樂舞，親自教授法曲，稱皇帝梨園弟子，居宜春院。伎坊：教練音樂歌舞之場所，亦稱「教坊」。內人：宜春院中之伎女稱「內人」。亦稱前頭人。外供奉：不居宮中，隨時入宮承應娛樂之男女伎人。聖文神武皇帝：指唐玄宗，是開元二十七年（七三九）羣臣所上之尊號。玉貌錦衣四句：意思是說此爲數十年前之事，如今之公孫大娘已老，連其弟子李十二娘，也已不是青春舞娘，無怪我亦滿頭白髮。波瀾莫二：謂李十二娘之舞技與公孫大娘之舞技一脈相承，得到其師之眞傳。撫事：追念往事。張旭：名書法家，善草書。觀賞過公孫氏之舞藝，連草書都有進步。以上序文對詩的了解很有幫助。

詩前八句寫公孫大娘之舞蹈。色沮喪：卽失色。㸌：閃爍貌。羿射九日：古代神話：據傳唐堯時，十個太陽並出，草木皆焦死，有一善射者名羿。一連射下九個太陽。羣帝卽羣仙。驂龍翔：駕龍飛翔。這八句寫公孫大娘表演時人山人海，舞技出神入化，觀者驚奇失色。舞步虎虎生風，似乎整個宇宙亦隨之起伏波動，劍光閃爍，如古后羿將九個太陽射下來似的，觀其矯健姿勢，彷彿一羣仙人駕龍飛翔於空中。當她翩翩騰空舞過來時，如雷霆震怒；當舞蹈停止時，聲勢漸收斂，劍光好似江海中凝結之一道青光，此時場內外一片寂靜。

「絳唇珠袖兩寂寞」以下六句，是寫公孫大娘死後情景。「絳唇珠袖」兩句：指公孫大娘之劍舞。當公孫氏死後，一時沈寂無聞，幸而尚有其弟子繼承其舞技。「臨潁美人」兩句：指李娘在白帝城表演劍器舞，還有當年公孫氏生前表演之神采。詩人同李十二娘談到往事，更了解其舞技之師傳淵源，且引發起撫今思昔之無限感慨。

「先帝侍女八千人」下面六句，筆一轉，又回憶到五十年前情景。八千人：極言其多。五十年間：開元五年（七一七）起至寫此詩時大曆二年（七六七）。風塵澒洞：指安史之亂。「澒洞」：浩大無邊際貌。「女樂餘姿」：李十二娘之舞蹈，猶有往日公孫大娘之神采。「映寒日」：舞時在十月，故云「映寒日」。詩人回想開元初年，政治清明，國泰民安，玄宗於日理萬機之暇，親自建立教坊與梨園，親選樂工，親教法曲，形成唐代歌舞藝術之空前興盛。當時宮內外歌舞女樂卽有八千人，而公孫氏之劍器舞又在八千人中爲冠首，號稱第一。五十寒暑變化很大。叛逆安史之亂，如同一場火災，將大唐帝國攪得天昏地暗。玄宗當年培養之千萬梨園弟子、歌舞人才，亦於此浩劫中煙消雲散。如今僅有一個殘留之教坊藝人李十二娘，在此冬季殘陽之餘暉下映出美麗而又淒清之孤影。對一個曾目睹開元盛世，嘗親眼看到公孫大娘劍舞之老杜來說，是他晚年最珍貴之精神安慰，而撫今憶昔，又是如此之令其神傷。此段是全詩之高潮。

「金粟堆南木已拱」。下六句是結尾。「金粟堆」即指金粟山，在陝西蒲城縣東北，爲玄宗陵墓所在地。拱：兩手相合那麼粗，言玄宗陵墓上之樹木已長得很粗大。瞿唐石城：指夔州。夔州近瞿塘峽，故云「瞿塘石城」。玳筵急管：「玳」玳瑁，龜類動物，背甲可作裝飾品。「玳筵」玳瑁飾之筵，形容華盛之宴席。「管」：泛指簫笛等樂器。「急管」：急促之樂聲。「愁疾」：即愁病、愁苦。杜甫接上段之感慨，言玄宗駕崩已六年，其陵墓上樹木已雙手合抱，而自己是先帝之小臣，流落在草木蕭條之白帝城中。最後寫別駕府中之盛筵，在一曲急管繁弦之歌舞之後結束。此刻下弦月已自東方升起，在樂極生悲之情緒中，他不禁四顧茫茫，百感交織，行不知所往，生滿繭子之足，踽踽獨行，寒月荒山，其內心之孤淒，令人唏噓。「轉愁疾」三字，意謂足生繭，行在山道上很苦，又很慢。心情無比之沈重。

這首詩自始至終皆環繞著公孫大娘師徒與劍器描述，由公孫氏師徒之舞技，連想到五十年間之往事，時光之流如反掌之速，亦引發出五十年來之興衰治亂。王嗣奭總評此詩曰：「此詩見劍器而傷往事，所謂撫事慷慨也。故詠李氏，卻思公孫；詠公孫，卻思先帝；全爲開元、天寶五十年治亂興衰而發，不然，一舞女耳，何足搖其筆端哉！」（《杜詩詳註》引《杜臆》）此評語，分析全詩之層次，評得相當中肯，但其云：「一舞女耳，何足搖其筆端哉」！筆者認爲不足取，藝術價值卓異，無論男女，皆値得歌頌，何以對女性如此輕忽？且此評亦不合詩人之原意，杜甫向重視並熱愛藝術，絕不因爲其爲女性而不搖其筆。

此首歌行之藝術風格，旣有「瀏灕頓挫」之氣勢節奏，復有「豪蕩感激」之動人魅力，堪稱七言歌行沈鬱悲壯之傑作。起首八句，修辭富麗而不浮，佈局謹嚴而不呆滯。「絳唇珠袖」以下六句，隨意境而起伏，運筆亦隨之頓挫變化。全詩旣不失流暢完整之美，又包容廣濶：自舞樂之今昔，撩發五十年間國家之興衰，亦引發杜甫回顧所來徑，個人所經歷之滄桑史，若無千錘百鍊功力之筆，寫不出如此感人之詩。

《絶句漫興九首》（選六首）

其一

眼見客愁愁不醒，無賴春色到江亭。卽遣花開深造次，便教鶯語太丁寧。

唐肅宗上元二年、辛丑（七六一）春作，杜甫五十歲。此組絕句寫於子美寓居成都草堂之第二年，題目爲「漫興」，卽興之所至，隨手寫成，《杜臆》：「興之所到，率然而成。」故云《漫興》。此九首詩之內容多爲家愁與國憂，由春至夏順序寫成。草堂四週之景色很美，他一生之生活，寄居草堂這段時期較爲安定。但家、國之憂愁，仍無時釋念。春色雖宜人，花卉雖競綻，樹林雖茂密，而愁思時刻糾纏在心頭。《杜臆》云：「客愁二字乃九首之綱。」

第一首是環繞「客愁」，寫惱春心境，眼見客愁難消，艷花偏怒放，故罵春無賴，且春色又來到江亭：他無心賞花，似乎故意早開幾朶，艷麗又芬芳。花不解客心如何煩惱？縱然加上枝頭黃鸝空好音，仍不能解客心之憂鬱，故花雖美，鳥雖歌，依舊無動於衷。眼，指春之眼。無賴，是罵春。因客正愁，而春偏來到，未顧到人心情如何？江亭：卽錦江亭。深造次：是怨花開的太快，太猛撞。

其二

手種桃李非無主，野老牆低還是家。恰似春風相欺待，夜來吹折數枝花。

第二首借春風以寄其牢騷，承接第一首花開。桃李有主，且近家園，而春風忽吹折，殊知造物者亦欺人。意謂：桃、李樹皆我親手種植者，並非無主之野桃李樹，我園牆雖低，到底還是一戶人家，可是春風竟然欺負起人來，昨夜翻過牆來，吹斷好幾枝花，殘落在地上。有借春風責安史摧殘百姓之寓意。

其三

熟知茅齋絕低小，江上燕子故來頻。銜泥點污琴書內，更接飛蟲打著人。

第三首借燕子以寓其感慨，承接第一首鶯語。鶯去燕來，春已過半，污琴書，撲衣袂，卽禽鳥亦若欺人者。《杜臆》：「遠客孤居，一時遭遇多有不可人意者。」故兩首皆帶寓言。子美牢騷：明知我之茅屋十分低小，可是江上的燕子，仍然時時來。它們銜泥，橫衝直撞，污穢了我的琴書，當捕食飛蟲時，那翅膀竟飛碰到人身上。由於茅屋牆低，便於築巢，故燕子頻頻飛來，查看地勢，引起主人之不寧靜。

三、四兩句描寫燕子在屋內之活動，不畏人，築巢銜草，如在屋外之活動。使讀者聯想到如此低小之茅屋，因江燕之常來騷擾，亦難於安居，這種種不如人意者，實多由客愁引發，借燕子引起禽鳥亦欺人之感慨，景中含情，不可人意之心情，亦皆在景物描繪中表達出來，全詩頗有韻味，耐人咀嚼。

其四

二月已破三月來，漸老逢春能幾回？莫思身外無窮事，且盡生前有限杯。

第四首言春不暫居，有及時行樂之意。《杜臆》：「是達生語，亦是遣愁語。」是說：二月逝去，三月已來，人漸漸蒼老，像我的年紀，春天還會遇到幾次？前兩句感時光之易逝，隨歲月之流，人生很快就會老去，三、四句覺人生應盡歡，身外之俗事俗物何須想。此自是牢騷語，其實直到他臨終，一直還關心國事，憂慮百姓之苦難。破，殘也，盡也。沈佺期詩：「別離頻破月。生前有限杯。」

其五

腸斷春江欲盡頭，杖藜徐步立芳洲。顛狂柳絮隨風舞，輕薄桃花逐水流。

第五首寫春光將去，有感於人生短暫，來日無多，面對柳絮，桃花紛紛飄落，遂感已屆暮春。三、四句形容柳絮隨風飛舞，桃花輕浮追逐浪花飄流。仇注曰：「顛狂輕薄，是借人比物，亦是托物諷人」。春江，鮑照詩：「行子心腸斷。」陳後主詩：「春江時一望。」《楚辭》：「搴芳洲之杜若。」桃柳春天最濃麗，桃之夭夭，楊柳依依，子美見到桃柳雖濃麗，免不了凋謝，因物生情，由情而感。

其六

糝徑楊花鋪白氈，點溪荷葉疊青錢。筍根稚子無人見，沙上鳧雛傍母眠。

第六首是寫初夏之景物，景物相融，各得其妙。詩中景物之描寫彷彿展示一幅初夏美麗之風景畫，雪白之楊絮灑落在小徑上，就像鋪在地上之白色地毯，溪面上片片碧翠之荷葉，層疊在水面上，好似圓圓的青錢。子美目光一轉，發現竹根上之竹筍已悄悄的探出頭來，而未被人發現。又看到岸邊沙灘上，一個個鳧雛親暱的依偎在母鳧身旁正熟睡。首句之「糝徑」是形容楊花飄落在山徑上，像白米一粒粒的。修詞精鍊而富有形象感。第二句中「點」、「疊」使溪上之荷花點綴得極生動，比喻亦極恰當，詩中有畫，眞是妙筆生花。

此四句，一句一景，一句詩一幅畫，看來各自獨立，而聯起來，便構成初夏郊野之整體景觀。這首詩似截剪七律中二聯，雙雙皆對，運詞雖通俗而生動，刻畫細膩而逼眞，意境清新雋永，僅僅是日常生活之情趣，在子美筆下卻描寫得如此飄逸動人，讀來令人神往。

《漫成一首》

江月去人只數尺，風燈照夜欲三更。沙頭宿鷺聯拳靜，船尾魚跳撥刺鳴。

這首七絕，寫於唐代宗大曆元年（七六六）、丙午，杜甫五十五歲，春在雲安（蜀雲陽縣）養病，夏初遷往夔州，初寓山中客堂，秋移居西閣。秋末，柏茂琳任夔州都督，對甫多所資助，使其有暇遊白帝城、灩澦堆、瞿塘峽等名勝。此詩是子美自雲安至夔州途中，在船上作的。

漫成，是漫不經意而隨興作成，也可說是子美一時得心應手之作，此種工致而天然之境界，非徒事裁章琢句者所能達。主要是寫坐在船上所見到之景色，前兩句就把握住江上夜景之特色，那倒映在江心之月，彷彿離開人只有幾尺，所謂「江清月近人」。同時形容江水清明，被月光照耀得清幽明亮，水天一色。第二句寫桅竿上照夜之風燈，用紙罩在燈上避風，搖搖晃晃在夜風中，顯得氣氛格外淒清空寂。「欲三更」未眠人之感覺特別敏銳，不知不覺夜已深，仍未成眠，由景生情，撫今思昔，複雜之思緒，一幕幕如電影般閃過。

三、四句寫沙洲之邊頭景物，夜宿之鷺鷥鳥蜷曲著頸項，三五成羣緊聚在沙灘上，睡得安恬，與靜的環境極爲協調。詩中洋溢著子美對和平生活之嚮往與對自然界小動物生命之熱愛。詩人正在欣賞夜之靜美時，突然間船尾傳來「撥刺」聲，原來是幾條大魚跳出水面，波光閃動，由靜態變成動態，由動破靜。鳥之靜、魚之動，一靜一動，相反相成，把握住江上月夜最富詩意之情景，眞是詩中有畫，描述細膩逼眞傳神，足見子美刻畫景物之功力。

此詩表面看去，四句詩分明在寫月、風燈、鳥、魚，各成一景，不相連屬，確是「一句一絕」，但子美通過遠近推移，動靜相成之筆法，船中船外、江中陸上、物與物、情與景之間互相關涉。渾融一體，讀之如身歷其境。

《江南逢李龜年》

岐王宅裏尋常見，崔九堂前幾度聞。正是江南好風景，落花時節又逢君。

這首七言絕句，杜甫寫於唐代宗大曆五年，庚戌（七七〇），子美五十九歲，春在潭州（今湖南長沙）與李龜年相遇，有感而作此詩。岐王：唐玄宗之弟名範，睿宗李旦之子，酷愛文學藝術。李龜年：玄宗時樂工，特承恩遇，在東都道通里大起宅第。後流落江南，每遇良辰佳節，常爲人歌數首，座客聞之，莫不掩泣。崔九：即殿中監崔滌，中書令湜之弟。崔滌乃唐玄宗之寵臣，經常出入宮禁中。

前兩句是敍述太平時代之盛況，常在岐王李範府中相會，又在殿中監崔滌之堂前，幾次聽龜年之歌曲。第三句「正是江南好風景」，轉得極好，如今江南景色雖美，可惜在落花時節相逢（落花時節，象徵落魄流落），有昔盛今衰凄涼之感。第三句更增結句「落花時節又逢君」之悲傷，爲龜年悲，正是借題爲已悲。這首詩短短二十八個字，將今昔之情景，盛衰之對比，刻畫細微精緻，歷歷如目，此詩之優點在律對精切，句與句間照應靈活，非「詩聖」杜甫，孰能有此技藝？

《八陣圖》

功蓋三分國，名成八陣圖。江流石不轉，遺恨失吞吳。

這首五絕是詩人於大曆元年（七六六）五十五歲時作，是一首懷念諸葛亮的詩。「八陣圖」在夔州西南永安宮前平沙上，堆石而成，縱橫碁石，夏季水漲湮沒不見，冬季水退又現。傳說爲諸葛亮所製造。指由天、地、風、雲、龍、虎、鳥、蛇八種陣勢所組成的軍事訓練與作戰的陣圖。「功蓋三分國，名成八陣圖」，是稱頌諸葛亮之豐功偉績，輔助劉備創立蜀國，造成蜀、魏、吳、三國鼎立局面。功績最爲卓絕。古人嘗屢加讚揚，如成都武侯祠中之碑刻道「一統經綸志未酬，布陣有圖誠妙略」，「江上陣圖猶布列，蜀中相業有輝光」。而子美之詩更具體之讚揚諸葛亮之軍事業績。

一、二句之對偶精工，「三分國」對「八陣圖」，以全局性之業績對軍事上之貢獻，對得精巧工整，自然妥切。三、四句「江流石不轉，遺恨失呑吳」。對「八陣圖」遺址抒發其感懷，受江流沖激數百年，始終保持原來形狀不變，寫出「八陣圖」之神奇，「遺恨失呑吳」是說諸葛亮本主聯吳伐魏，而劉備急於併呑吳是失策，造成大業中途而廢，而成千古遺恨。這首詩與其說是詩人寫諸葛亮之遺憾，倒不如說是子美是替諸葛亮惋惜，此詩具有議論之特色，而評議並不空洞是史實，給讀者一種此恨綿綿無盡期之感。

《春夜喜雨》

好雨知時節，當春乃發生。隨風潛入夜，潤物細無聲。野徑雲俱黑，江船火獨明。曉看紅濕處，花重錦官城。

唐肅宗上元二年（七六一）辛丑，杜甫五十歲，春寫於成都草堂。這首五言律詩，起聯用一「好」字，是讚頌雨，平時用「好」字多稱讚人與事，子美以擬人筆法稱美雨，因內心喜雨也知時節，正需要它時，它卽降臨。春季是萬物萌芽生長之季節。頷聯進一步稱雨應時而落，「潤物」、「助生長」，細雨伴隨著和風，使萬物欣欣向榮。第二聯寫出典型之春雨須伴隨和風，有利萬物，「好」字始落實。「隨風潛入夜，潤物細無聲」，依然採用擬人化之手法，「潛入夜」與「細無聲」相配合，雨隨著東風，在黑夜中悄悄飄下來，滋潤著宇宙萬物之生命，而細微聽不到一絲聲音，不僅利生物，且不擾人，春夜的雨眞令人喜愛。第三聯雨意正濃，在郊野之小徑上，放眼四望，天空之雲全變黑色，唯有錦江中船上之燈火，還獨自閃爍著光。尾聯描寫想像中之情景，如此「好雨」下一整夜，萬物皆獲得滋潤，發榮滋長起來。次日清晨，最能代表春色之花，帶雨綻開，紅艷欲滴，整個錦官城（成都）一片「紅濕」，一朵朵紅艷之花，匯成花之海。

浦起龍說：「寫雨切夜易，切春難」。此首《春夜喜雨》詩，不僅切夜、切春，而且寫出了典型春雨，也就是「好雨」的高尙品格。表現了詩人的，也是一切「好人」之高尙人格。題目中之「喜」字，在詩中雖無顯著之提到，但「喜」意卻在詩句中潛伏充溢著。子美愛人又愛物，他的《春夜喜雨》表示他關懷百姓生活，希望春雨有利農作物，使農人豐收，比那些朱門喜愛歌舞，崇高得多。

《登岳陽樓》

昔聞洞庭水，今上岳陽樓。吳楚東南坼，乾坤日夜浮。親朋無一字，老病有孤舟。戎馬關山北，憑軒涕泗流。

這首五律是杜甫五十七歲時作。代宗大曆三年（七六八）戊申，一月中旬，之悉從弟杜位將到江陵，團聚有望，遂準備離夔出峽。春自白帝城乘舟，出瞿塘峽，三月至江陵，住從弟杜位宅。當時衛伯玉爲節度使，杜位在幕中，夏日暫往外邑。住江陵數月，頗不得意，秋季遷居公安縣。寄居公安數月，歲末抵岳州。有機會登岳陽樓觀賞，此詩僅四十字，但有包容宇宙呑食海內之氣概。劉辰翁云：「氣壓百代，爲五律雄渾之絕。」起聯寫詩人早聞鼎鼎大名之洞庭湖，今登上岳陽樓，極目遠眺，碧水共長天一色，山色湖光，美景如畫，果名不虛傳。接下頷聯「吳楚東南坼，乾坤日夜浮。」吳楚：指東南部，卽今江蘇、浙江、湖南等地。坼：分裂。在地勢上看，洞庭湖之東爲吳地，湖之南爲楚地。湖水晝出吳楚之邊界。乾坤：《易經》，以乾卦象徵天，坤象徵地，故乾坤代表天地。日月星辰皆似飄浮在湖水之中，氣勢雄偉，浩瀾廣大。

頸聯寫自己已屆晚年，依然飄泊在西南，孤獨一老人，病弱無倚，居無定所，連親戚朋友音信都得不到，只有泛著一葉扁舟，到處飄流，故曰：「親朋無一字，老病有孤舟」。五、六兩句自敍身世，寫得如此淒涼落寞，詩之意境由廣濶至狹窄，因想到中原尚有戰爭，突然筆峰一轉，尾聯寫出「戎馬關山北，憑軒涕泗流。」這年八月，吐蕃入寇靈武等地，京師戒嚴，局勢危亟，正如杜甫所云「戎馬倥傯，干戈擾攘」之際。詩人遙望中原，憑倚軒廊，默禱戰息民安，不禁淚流滿面。杜甫一生有報國之志，惜無機會，唯有流淚以抒感傷。

全詩意境雄偉，感情豐盛，震動著每個讀者之心弦。詩人生花之筆，變化奇妙，誰能再寫岳陽樓之詩?

《南征》

春岸桃花水，雲帆楓樹林。偷生長避地，適遠更沾襟。老病南征日，君恩北望心。百年歌自苦，未見有知音。

唐代宗大曆四年（七六九）己酉，杜甫五十八歲，正月自岳州入洞庭湖，經過湘陰，謁湘夫人祠，入喬口，再泝流而上，三月至潭州。暮春抵達衡州。夏畏暑熱，又回潭州。春自岳州赴長沙，途中寫此詩。此時距其逝世僅一年。這首詩反映出子美死前極矛盾之心理與感情。

首聯二句描繪旅途中之春江景色之美，桃花夾岸，春水翻波，雲煙帆影，楓樹成林，極目四望，如此一幅美好之大自然畫面，但因征途茫茫，與子美心境正相反。頷聯「偷生」二字本意是苟且生活，但在此處表現詩人長年顛沛流離，遠征南國之旅途傷感。如果是一次愉快之旅遊，面對目前美景，當然會格外高興。而今以年邁病弱之軀南征，艱苦之情況，不言而喩。其一生飄泊，前途渺茫，春江盎然有生意之景物，與其內心情緒之低沉落寞極不協調，表達出子美內心之悲悽。

頸聯「老病」二句寫出子美思想上之矛盾，已屆五十八歲之暮年，本應還鄉養老，而命運卻驅使他南征，由於他始終有一片忠心，期望在有生之年仍能報效國家，終未能如願。「君恩」當指至友嚴武表薦事，曾蒙授檢校工部員外郎。此首詩運用流水對，「南征日」、「北望心」，將子美矛盾心理加以鮮明對照，給讀者極深刻之印象。詩聯言老病必須南征，「百年」二句對此作了回答。子美對政治本有抱負，而仕途坎坷，壯志未酬。以其超世之才華，卻一生悲苦，又有誰是知音?!三、四聯似正是子美晚景之寫照。

此詩以江上明媚之春光開首，以悲悽之心境作結。三、四句云「偷生」，「適遠」之失意語，將亮麗之春江、桃花、雲帆、楓樹，灑上一層灰暗彩色。亦正以此相反對襯之情景，傾吐出其心中深處之痛苦，全詩將悲傷愴涼之情緒，無法自遣之感傷心境，皆抒發出來，爲子美辭世前一年之悲歌，讀後能不令人灑下同情之淚?

《宿府》

清秋幕府井梧寒，獨宿江城蠟炬殘。永夜角聲悲自語，中天月色好誰看？風塵荏苒音書絕，關塞蕭條行路難。已忍伶俜十年事，強移棲息一枝安。

唐代宗廣德二年（七六四）甲辰，杜甫五十三歲。春有出峽心意，擬自梓州攜眷，先至閬州，再沿閬水入嘉陵江至渝州東下，未料朝廷召補京兆遭參軍，因行程已定，未赴召命。二月正欲離閬東去，突聞至友嚴武再鎮蜀，甚喜，遂改變計畫回成都，三月回到浣花溪草堂。六月嚴武發表杜甫任節度參謀檢校工部員外郎，每日天亮上班，夜晚下班，不能每日回草堂家，唯有長期住宿府中，頗感不樂，因而上詩向嚴武陳述胸臆，嚴准其假回草堂，此詩就在這種心境下寫成，又正值多感之秋季。

起聯倒裝。第二句應置於第一句讀來較順序。幕府：軍旅出征，居無定所，以幕幔爲府署，稱幕府。江城：指成都。蠟炬殘：意思是說蠟燭都要燃完，表示失眠不能入睡。全聯意：我獨自睡在幕府中，覺得井畔之梧桐，散射出清秋之寒意，通過環境之淸、冷，烘托出心境之孤淒，思緒之複雜。頷聯描述獨宿幕府中，長夜漫漫，號角聲悲淒激勵，尤其在深夜聽到，彷彿置身在荒涼之孤島上，無人傾訴心聲，唯有自言自語，發抒內心複雜之情緒；明月當空，月色皎美，在幕府中戰爭氣氛濃，誰有心情欣賞月色，故仰望天心，如何不心情紊亂，思家、懷弟之情在內心翻覆，何時方能回家團聚？

頸聯「荏苒」：猶展轉，形容光陰推移漸進之意，卽時光太快，一眨眼卽消失。此聯是說：時光逝去很快，親朋故舊之信訊全無，皆已斷絕；在此邊地之關口上，一片淒涼景象，行路又很感困難。

尾聯「伶俜」：辛苦貌。十年：自安祿山叛亂（七五五）至此恰十年。一枝安：得一枝棲，便可安身。全聯之意，只說現已忍耐十年伶仃飄泊之歲月，勉強住在此，如同飛鳥棲息在樹枝上，暫時得到安身之處。結聯照顧首聯。表示自己並不期望此職位，而是老友嚴武拉伕，用「安」字似是違心之談，看子美宿幕府一夜，徘徊徬徨，輾轉反側不能安眠，怎能說安？

此首七言律詩，全詩「獨宿」爲一篇之主旨，三四句皆環繞「獨宿」描述，「獨宿」所聞所見，撩起內心感觸，結聯由上聯引發心事，亦用「宿」字作結，此乃以平起以平結。領聯與頸聯對仗精工，杜詩向以律詩見長，此可爲明證。

《秋興八首》

其一

玉露凋傷楓樹林，巫山巫峽氣蕭森。江間波浪兼天湧，塞上風雲接地陰。叢菊兩開他日淚，孤舟一繫故園心。寒衣處處催刀尺，白帝城高急暮砧。

杜甫作於唐代宗大曆元年（七六六秋，五十五歲，流寓在夔州（今四川省奉節縣）時所作之一組七言律詩，題爲《秋興》，因是在秋季引發之感懷。子美自乾元二年（七五九）辭官始，迄至此時已七載，身居異鄉年邁多病，觸景感傷，是以寫《秋興》八首，以抒發對國事關懷與懸念之感情。

清佚名《杜詩言志》評曰：「唐人七律，以老杜爲最。而老杜七律，又以此八首爲最者，以其生平之鬱結與遭際，暨其傷感，一時薈萃，形爲慷慨悲歌，遂爲千古之絕調」。又王嗣奭《杜臆》評曰：「《秋興》八首，以第一首起興，而後七首俱發中懷；或承上，或起下，或互相發，或遙相應，總是一篇文字……」此八首詩，望京華爲其主眼，章法謹嚴，脈絡分明，讀時不宜分開，次序亦不可顚倒。從整體看，杜甫身在夔州，常想到長安；晚年流浪，旅居於此，目睹蕭瑟之景色，撩起國家之盛衰與個人淒涼之身世。

起聯、頷聯皆描述景色，頸聯、尾聯抒情，時值秋季，白霜無際，滿目陰森，巫山巫峽，連綿杳邈，氣象蕭條，似乎整個宇宙都籠罩在陰沈中。第一首是組詩之序曲，通過對巫山巫峽之秋色秋聲之描繪，興起家國蒼茫之感。

「叢菊兩開他日淚，孤舟一繫故園心」二句轉出人來，子美於代宗永泰元年秋，離成都而來夔州，至翌年秋，猶寄寓於此，故見菊花兩次開；那條孤零之小舟，停泊於江畔，因故而淹留於此，但心則無時不繫於故園。寂寞心境與故園情懷於以下二、三首感發之。

其二

夔府孤城落日斜，每依北斗望京華。聽猿實下三聲淚，奉使虛隨八月槎。畫省香爐違伏枕，山樓粉堞隱悲笳。請看石上藤蘿月，已映洲前蘆荻花。

第二首抒寫欲歸不得，空望那條繫在江邊之孤舟，因身孤而感到夔城亦孤，景由情生，情由景發。落日孤城，憑樓北望，自黃昏至深夜，繫念京華，長夜不眠。長安距夔州相隔萬里，如何望到，故聽猿嘯而淚下，有「奉使虛隨」之感。子美因嚴武之薦，嘗任檢校尚書工部員外郎，故有「奉使」之說。子美本想跟嚴武回朝，後由於嚴病故於成都，未能成行，是以有「虛隨」之言。第一首總括「他日淚」，此首獨言「今日淚」，蓋子美危樓北望，淚流闌干，表現對長安強烈之懷念。

「畫省」即尚書。「香爐」是尚書省中之供具，子美官檢校尚書工部員外郎，屬尚書省。《唐書．職官志》：「凡尚書省官，每日一人直」。子美或許是因依北斗望京華，引起他當年在宮中值班之情景。「伏枕」即臥病，「違伏枕」是說因病無法如願。最後尾聯，寫自己已屆晚年，戰亂不息，身雖在劍南，而心繫渭北。

其三

千家山郭靜朝暉，日日江樓坐翠微。信宿漁人還泛泛，清秋燕子故飛飛。匡衡抗疏功名薄，劉向傳經心事違。同學少年多不賤，五陵衣馬自輕肥。

第三首之結構與第一首相似，前四句寫景，後四句抒情，是一、二首之延續，子美日日獨坐孤樓，秋色雖淸明美好，總不免帶來感傷。江畔寧靜，羣山萬壑，蕩漾在晨曦中，一片深青色之晨霧，籠罩江樓，俯視昨夜捕魚人仍然徘徊江邊，仰視天心飛燕翩翩，悠哉遊哉！此四句純寫景物，令人感到平和恬靜，用「還」，「故」二字，讀後有輕鬆之感。「匡衡」四句是子美回憶史事，用匡衡等人之事比自己。漢匡衡在元帝初卽位時，上疏陳吏治之得失，少陵由房琯之事而抗疏，終因此而去京華。劉向數上封事而不用，依舊以講經顯榮，典校五經於石渠閣，杜甫則白頭幕府，寄食於嚴武之下，尤不如意，淹留天南歸不得，豈不深愧此生？不但不如古人，卽同窗少年今皆居高位，輕衣、肥馬、驅逐於五陵間，獨我窮困江城，度此寂寞餘生。子美並非羨慕富貴榮華，而是嘆一生坎坷蕭條，今至垂老暮年，依然飄零他鄉，一生抱負已成雲烟。總之，此首詩是滿懷感慨。

其四

聞道長安似奕棋，百年世事不勝悲。王侯第宅皆新主，文武衣冠異昔時，直北關山金鼓振，征西車馬羽書馳。魚龍寂寞秋江冷，故國平居有所思。

第四首起聯「聞道長安似奕棋，百年世事不勝悲。」用「聞道」二字是經過斟酌始落筆，如此寫世事，亦眞亦虛，若無若有，因只是聽說並未親目所睹，傳來消息長安政局紊亂，正如下棋舉子不定而又彼爭此奪。長安人事之變化，綱紀之廢弛，以及回紇、吐蕃之連年侵犯，此誠國運之不幸。回憶自己在長安住過十年，深烙印在他內心者有愛惜，有歡笑，亦有潛伏在心靈上之苦悶，當國家有難，秋江淸冷，個人孤獨之際，長安之影像，歷歷如在目前。故有「百年世事不勝悲」之慨嘆。頷聯談他人、言現況，今王侯官邸全易新主，表示官員之調動頻繁，世事之變化極大。頸聯敍述西北邊患，一指回紇，一指吐蕃。長安之人，邊陲之事，幾經滄桑，我獨孤零，詩筆忽起忽落。尾聯以魚龍寂寞之心，寫平日故國之思念。此處以秋江中之魚自況，可見子美心情淒苦之深。

其五

蓬萊宮闕對南山，承露金莖霄漢間。西望瑤池降王母，東來紫氣滿函關。雲移雉尾開宮扇，日繞龍鱗識聖顏，一臥滄江驚歲晚，幾回青瑣點朝班。

第五首是回憶全盛時之長安，大明宮之巍峨壯麗，早朝場面之莊嚴肅穆，據《唐會要》卷三十載：龍朔二年（六六二），整修舊大明宮，更名爲蓬萊宮，此宮北據高原，南望終南山。「承露」卽仙人承露銅盤，古帝王多作此承甘露以求神仙。「金莖」卽承露盤下之銅柱。漢武帝相信神仙家言，建金莖承露盤，在建章宮西，班固《西都賦》：「抗仙掌以承露，擢雙立之金莖」。唐宮並不一定有「承露」、「金莖」，是借漢宮之建築物來想像唐宮。頷聯：「瑤池」、「王母」傳說是西王母所居之地，《漢武內傳》：七月七日，西王母下降漢殿，與武帝會面。「紫氣」、「函關」：函關卽函谷關，《列仙傳》：老子李耳西遊，至函谷關，關尹喜（守關之官吏名喜）望見有紫氣自東而來，知有眞人（仙人）經過。「西望」以下二句是稱讚宮闕之巍峨壯麗。頸聯：「雲移雉尾」：據《唐會要》：唐玄宗開元年代，因蕭嵩之奏疏，建議明皇在每月初一、十五，受朝於宣政殿，皇帝初上時，當用羽扇障合，待坐定後始開扇，自此便定爲朝儀。「雉尾」卽雉尾扇，又稱宮扇，「雉尾扇起於殷高宗有雊雉之祥，服章多用翟羽」。「雲移」形容扇移開時光彩波動。「日繞」言日照皇帝之龍衣，「龍鱗」皇帝袞衣上繡著龍，指繡龍之鱗紋。「雲移」二句描述唐宮中皇帝見羣臣之儀式，關此種種，子美都記憶猶新。尾聯「一臥滄江」：今臥病峽中。「驚歲晚」：驚訝時光匆匆，一年又將逝去。「青瑣」原漢未央宮中宮門名，門窗上刻鏤作連環文飾而以青色塗之，稱爲「青瑣」。「幾回」句：言子美在唐肅宗收復長安後，仍任左拾遺官職，嘗參與班列，入唐宮中朝見。如今病臥滄江，雖尚有工部員外郎之頭銜，未曾入朝。「點」，傳點，挨次入朝。「驚」字引發出心事，昔日文彩動君，有無限眷戀，值此離亂之際，飄泊之時，晚臥滄江，點出題旨「秋興」。

其六

瞿塘峽口曲江頭，萬里風煙接素秋。花萼夾城通御氣，芙蓉小苑入邊愁。珠簾繡柱圍黃鵠，錦纜牙檣起白鷗。回首可憐歌舞地，秦中自古帝王州。

瞿塘峽口在夔州，曲江頭在長安，一是所居之地，一是所思之地，所思昔日之盛況，所感今日之衰微。三四句寫曲江頭有「花萼夾城」，為唐玄宗置。「花萼夾城」句是子美身在夔州所想望，在思念中彷彿見到花萼城頭之景物。開元二十年（七三二），建花萼樓，築夾城複道，自南內徑達曲江之芙蓉苑，天子往來於複道之中，外面人見不到，故曰「花萼夾城通御氣」。通「御氣」是說：車駕所過，雖無人看到，但仍可望氣而知，此乃指玄宗勤政之時，到安史背叛，局勢混亂，玄宗幸蜀時，登興慶宮之花萼樓置酒四望，已是一片悽愴，故曰：「芙蓉小苑入邊愁」。「邊愁」又指子美寓夔州，念京都卻無法歸去。加上愁病交織，唯有遠望京都，稍減思愁。「珠簾繡柱圍黃鵠」，珠簾繡柱是指陸地簾幕之華麗。「錦纜牙檣起白鷗」，「錦纜牙檣」是寫水嬉櫂枻之炫燿，追述曲江游幸之時，感嘆盛衰之無常，故以「可憐歌舞地」結束。

其七

昆明池水漢時功，武帝旌旗在眼中。織女機絲虛夜月，石鯨鱗甲動秋風。波漂菰米沈雲黑，露冷蓮房墜粉紅。關塞極天惟鳥道，江湖滿地一漁翁。

前首曲江，此首昆明池，皆爲詩之主旨。此首追述昆明池之景象，起聯描敍池面遼闊，讀後使人追憶當年武帝建昆明池之功蹟。漢武帝欲通身毒爲越嶲昆明所阻，元狩三年乃象昆明、滇池，於長安近郊穿地作昆明池以習水戰。池周圍四十里，廣三百三十二頃，池水東出爲昆明渠。至十六國後秦姚興時，池水涸竭。唐德宗貞元十三年又加修浚，引交水、灃水令流入池。後因堰廢，池水乾涸，宋以後遂湮沒。追念武帝事，景物雖遙遠，感覺上似在目前。頷聯仍描寫池景壯麗《志怪》記載：「昆明池邊塑造兩個石人，東西相望，頗似牛郎與織女」。《西京雜記》：「昆明池刻玉石爲鯨魚，每逢雷雨轟隆吼鳴時，鬐尾皆動」。詩中寫織女靜立，石鯨怒吼，一靜一動，成爲昆明池奇景，《杜臆》曰：「織女鯨魚，畫面瑰瑋，壯千載之觀」。頸聯寫池中之景色，菰即茭白，秋結果實，即菰米，此形容菰米之多，望之如沈雲之黑，蓮蓬花色粉紅，秋季凋謝，故稱爲墜粉紅。菰米沈黑，蓮花墜紅，極言昔日長安之繁盛。前六句皆內心之所思，耳之所聞，目之所睹，勾繪出一幅極壯麗之畫面。由昆明池景撩起對長安之懷念。但此一切景物、彷彿在遼遠之天邊，恐不復再見。故尾聯感慨「關塞極天惟鳥道，江湖滿地一漁翁。」關塞之險要，難如上青天，人不可過，惟有鳥能飛行，豈能不令人哀傷？子美自比江湖一漁翁，到處漂流，仍在嘆流浪之孤寂，生活之冷落。

其八

昆吾御宿自逶迤，紫閣峰陰入渼陂。紅豆啄餘鸚鵡粒，碧梧棲老鳳凰枝。佳人拾翠春相問，仙侶同舟晚更移。綵筆昔曾干氣象，白頭吟望苦低垂。

昆吾在藍田縣，御宿在萬年縣，道路蜿蜒。紫閣峰在終南山，形勢聳立，像樓閣。在紫閣峰後面爲渼陂，峰下陂水清澈，環抱山麓，自長安遊歷渼陂，必經昆吾御宿，皆爲長安近郊之名勝。昆吾有亭與御宿苑，皆爲漢武帝所建，屬於上林苑範圍。此處名勝，子美昔日曾遊宴，逸興極濃，至今耿耿難忘。嘗作《城西陂泛舟》、《渼陂行》、《渼陂西南臺》、《與鄠縣源大少府宴渼陂》諸詩以記其樂事。第二聯記物產之美，如紅豆、鸚鵡、碧梧、鳳凰等，由產物點出秋天。第三聯追述舊遊情景，「佳人拾翠」寫目之所見；「仙侶同舟」寫身所歷。子美渼陂之旅，約在天寶十三年（七五三），即獻三大禮賦後之第三年。當時曾「文彩動人主」而「自怪一日聲輝赫」，可見渼陂之遊佳趣多。第四聯突然一轉，昔日文彩動人主，而今白髮皤皤年已老，能不令人唏噓?第八首尾聯，正如一幕悲劇之結束，劇幕徐徐落下，觀眾同情之淚，亦潸潸滴下。

《秋興》八首情景一致，不可分割。內容多追懷往昔國家之隆盛，感傷今日國勢之衰微。在個人方面抒發寄寓異鄉，孤苦多病、年邁體弱，心境蒼涼。

杜子美此八律，筆力縱橫，思緒遼濶，脈絡貫串，雖分爲八首，合之則爲一篇有愛、有忠、有血、有肉、有淚、有悲之大文章。有人評子美後期作品，不如前期之大氣磅礴，非也。子美後期之詩歌，因生活處境之困難，思想感受愈加複雜，故作品更有深度，創作經驗益加豐富，藝術價値自然較前期提昇，《秋興》八律可爲明證。

《白帝》

白帝城中雲出門，白帝城下雨翻盆。高江急峽雷霆斗，古木蒼藤日月昏。戎馬不如歸馬逸，千家今有百家存。哀哀寡婦誅求盡，慟哭秋原何處村？

這首七言拗體律詩，杜甫作於唐代宗大曆元年（七六六）丙午，年五十五歲。白帝，即白帝城，是指夔州東五里白帝山上之白帝城，非夔州府城。這年秋季，子美流寓在夔州，孤零無依，在此段歲月中，寫的傷感詩篇特多。此首運用蕭森雷雨景象，反映出一個橫征暴斂，戰火連天之動亂時代，人民遭受之痛苦生活，與鬱悶無處抒洩之情緒。

詩之起聯，用民歌之句法，來描寫峽江雲雨翻騰之奇險雨景，登上白帝城樓，只見雲氣翻騰，自城門中噴湧而出，此極言山城之高峻。再往白帝城下望，滿天暴雨，瀰漫空中，如打翻水盆。此兩句用俗語入詩，再加上音節奇崛，不合律詩之平仄，讀來雖感拗拙，卻有一種勁健之氣，別有風味。頷聯承接「雨翻盆」而來，依然寫雨景，同上一聯一樣拗拙，但有的對仗很工穩，如「高江」對「急峽」、「古木」對「蒼藤」。古木：作翠木解。「日月昏」指日色。戎馬：又作去馬，此處宜作戰馬，銖兩悉稱。「雷霆」與「日月」各指一物，「日月」爲偏意叉復辭，即指「日」，上下相對。頷聯中集合六個形象，連接地自子美筆端出現，有聲有色的展現出來。高江：指長江。急峽：指兩山峽水，峽中之水流激蕩，聲音震耳。自音節上講，此兩句平仄合律，與上聯一拙一工，而有跌宕錯落之美，宋人范溫云：「老杜詩，凡一篇工拙相半。」就是指的這一類的詩。

頸聯由緊張激烈化爲淸寂冷落，雷聲遠去，雨聲停止。原野上有悠閒自在之「歸馬」蹄聲，橫遭洗劫後之原野，照常理推測，有馬如此輕鬆慢步，並不合理，馬可能是在戰亂中失去主人，與人一樣是無家可歸的流浪者。此聯與上聯，一動一靜，恰成鮮明之對照。上聯悽楚情景，逼出尾聯之控訴：最令人感到哀痛者的孤苦伶仃之寡婦，都被征斂剝削得家無一物，在秋天之原野上慟哭，也聽不出是那個荒村傳來的哭聲。這首詩是安史之亂後，唐朝社會人民生活之一斑。

《登高》

風急天高猿嘯哀，渚清沙白鳥飛迴。無邊落木蕭蕭下，不盡長江滾滾來。萬里悲秋常作客，百年多病獨登臺。艱難苦恨繁霜鬢，潦倒新亭濁酒杯。

這首七律，是杜甫在大曆二年（七六七）秋，作於夔州，五十六歲，多病善感，全詩由於登高，遼望秋江萬里，滿月秋色，引動了子美老病孤愁之感傷。首聯作者環繞著夔州的景物，用「風急」牽動全聯，夔州向以猿多著稱，三峽口更以風大聞名。當秋高氣爽的季節，風聲颯颯，猿聲長嘯。令人有空谷傳響，哀轉久絕之感。詩中天、風、沙、渚、猿嘯、鳥飛，自然成對。「天」對「風」，「高」對「急」；下句「沙」對「渚」，「白」對「清」，讀來有節奏感。經過子美之琢磨，字字精當，無一不妥，用字修詞，貫串邕達。頷聯子美仰望天心無際，又看到樹葉紛紛的落下，江水滔滔的流過來，使人聯想到落葉繽紛之聲，長江汹湧之狀。首頷兩聯極力描繪秋色，到頸聯始點出「秋」，「獨登臺」是子美登在樓上眺望，即將目前景物與心情凝聚在一起，「常作客」，是表示作者經常是他鄉客，「百年」表示已屆暮年，又多病，「悲秋」是寫其晚年之悲悽。人到晚年特別敏感，亦特別多愁。尾聯對結，並分承五六句，子美備嘗潦倒生活之痛苦，國難家窮之折磨，使自己愁白頭髮，再加上患病斷酒，內心之鬱悶可想而知，本來登樓是想排遣煩惱，未料反而更加愁。詩人的心情，瞬息萬變，全詩五十六個字，八句全對，一氣貫串，層層清澈，字字響亮，明胡元云：「《登高》一律，如海底珊瑚之瘦勁而難移，沉深不測，精光萬丈，力逾千鈞，通章章法、句法、字法，均前無古人。此當為七律中之第一，蓋其氣象高渾，如巫山千尋之雲走風連，七律中稀有之作，不待論已。」

《蜀相》

丞相祠堂何處尋？錦官城外柏森森，映階碧草自春色，隔葉黃鸝空好音。三顧頻煩天下計，兩朝開濟老臣心。出師未捷身先死，長使英雄淚滿襟。

這是一首七言律詩，寫於唐肅宗上元元年（七六〇）春，年四十九歲，時居成都草堂寺，因得友人資助，於浣花溪畔建一草堂，遂暫居於此。此時生活較輕鬆愉悅，嘗訪成都西北郊諸葛武侯祠堂，有感而寫此詩。子美本是遊賞祠堂，何以題目爲「蜀相」？此知子美意在人而非物。諸葛亮爲三國時蜀國丞相，原隱居隆中（今湖北襄陽縣西），劉備曾三次往訪，欲與其商議天下大事，即《三國誌》載三顧茅蘆是也。劉備在蜀卽帝位時，册諸葛亮爲丞相，子美見到祠堂，而懷思武侯當年忠心二主情況，既助兄主劉備開國，又輔後主劉禪施政，功績令人敬佩。今目睹祠堂如此荒涼，令子美不勝今昔之感。

此詩起聯，以詰問開首，自問自答。「祠堂何處」？即在成都西城，僅數里之遙，瞭望一片翠柏成蔭，氣象非凡。首聯是起，頷聯是承，章法嚴謹。「自春色」，「空好音」，「自」與「空」描述祠堂之荒凉，多年失修，遊人稀少。由於荒蕪，不禁憶起武侯當年率兵出蜀之聲勢，時光無情，令人歎息。讀此詩時，彷彿看到詩人踽踽獨在行，徘徊碧草如茵的草地上，不時又傳來幾聲黃鸝的歌聲，但僅他一人欣賞，內心感到無限的孤寂。頸聯是敍述武侯爲先主與後主之一片忠心，結聯是說凡讀此詩者，皆有感而落淚，所說的英雄，是指古今之仁人志士，爲國爲民之鬪士，大智大勇之忠良，凡願爲社稷而犧牲之愛國者，連子美在內，都是這裏所說的英雄。

《恨別》

洛城一別四千里，胡騎長驅五六年。草木變衰行劍外，兵戈阻絕老江邊。思家步月清宵立，憶弟看雲白日眠。聞道河陽近乘勝，司徒急為破幽燕。

唐肅宗上元元年（七六〇）庚子，杜甫四十九歲。春卜居成都西五里之浣花溪草堂，此首七言律詩卽在此時所作。抒發流落異鄉，有家歸不去之感慨，對骨肉之懸繫，對國家之憂患，時刻皆在焦慮中，唯有早日平定叛亂，使國泰民安，心情才能安定下來。全詩情眞語摯，沈鬱頓挫，扣人心弦。

起聯「四千里」言其離家遠，思家殷切；「五六年」言別家久，因持久之戰亂，造成個人之痛苦，祖國之艱困，皆在「四千里」，「五六年」數字中表達盡致。子美於乾元二年春離開洛陽，返回華州司功參軍任所，未久辭職客居秦州，寄寓同谷，再回成都，輾轉四千里。子美作此詩，距天寶十四年（七五五）十一月安史叛變已五六年。在此數年中，叛軍屠殺中原各地百姓，血流成河，屍骨遍野，乃子美深感痛恨之事。

頷聯是敍述子美流落蜀地之情況。「草木變衰」語出宋玉《九辨》：「蕭瑟兮草木搖落而變衰」。此處是形容世事盛衰變遷，承首聯「五六年」，「行劍外」承「四千里」，「老江邊」承「五六年」，意謂入蜀已多年，如何不老？由於戰爭阻隔，不能重返家園，恐唯有老死錦江邊了。

頸聯「宵立」、「日眠」表示生活反常。薛道衡詩：「空庭聊步月，閒坐獨臨風」。潘尼《桑樹賦》：「今溢露於淸宵」。「思家步月淸宵立」，婉轉的表達了對諸弟之懷念。子美有四弟，名穎、觀、豐、占，其中穎、觀、豐流居於各地，僅占隨兄入蜀。「思家」與「憶弟」二句，爲相互爲文。月夜思家人不能入睡，有時散步，有時佇立；日間仰臥觀賞行雲，倦極而入睡。子美坐立不安之舉止，正寫出他思念親人之深情。沈德潛評此聯曰：「若說如何思，如何憶，情事易盡。『步月』、『看雲』，有不言神傷之妙」（《唐詩別裁集》）。

結聯：回應首聯第二句，聞唐軍屢勝，欣喜異常，期盼大軍能盡速破幽燕。朱注：《李光弼傳》：「乾元二年冬十月，光弼悉軍赴河陽，大破賊衆。上元元年，進圍懷州」。《通鑑》：「上元元年三月，光弼破安太淸於懷州城下。夏四月，又破史思明於河陽西渚，此河陽乘勝之事也。」傅毅《樂府》：「乘勝席捲遂南征。」因平叛亂之心急切，子美盼望早日復興，即可還鄉省親，天下再無與家人團聚更可喜之事。全詩充滿期盼，感情由悲而轉爲喜，足見子美心胸之開朗，對家、國之愛有多深。

這首七律以簡樸之文字敍事，以含蘊之辭藻抒情，詞淺情深，子美將個人之遭遇與國家之憂患合併抒寫，每一聯皆有豐富之內涵，濃郁之詩情，值得反覆吟詠欣賞。

《狂夫》

萬里橋西一草堂，百花潭水卽滄浪。風含翠篠娟娟靜，雨裛紅蕖冉冉香。厚祿故人書斷絕，恒饑稚子色淒涼。欲塡溝壑唯疏散，自笑狂夫老更狂。

這是一首七律，寫於上元元年（七六〇），四十九歲，春居成都草堂寺，於浣花畔建築一草堂，季春落成。三月突然改任李若幽爲成都尹，甫失去依靠，不得不求救於蜀州刺史高適。預先寄詩高適，決定於晚秋往訪。在訪高適前，與裴廸同遊新津，乘暇至青城。秋末至蜀州晤高適，冬再返成都。

此詩主旨是寫人，起聯先描寫居住環境，萬里橋在成都南門外，有一座小橋，傳說是諸葛亮送費禕處，名曰萬里橋。過橋向東行，便至浣花溪，此處風景幽美。「卽滄浪」三字，暗寓《孟子》「滄浪之水淸兮，可以濯我纓」之意，有滿足感。「草堂」與「滄浪」非對仗，但可形成美妙之境界，讀後給予讀者一種美感。領聯是寫斜風細雨的天氣，使人感到別有一番風光，風動翠竹，搖曳生姿，格外嬌柔，因「篠」是小竹，雨滋潤荷花，益加嫩艷，還不時送來一股清香。「風含翠篠」對「雨裛紅蕖」。「含」、「裛」兩字爲動詞，運用得極細膩，「含」較「拂」用得精當，「冉冉」與「娟娟」爲疊詞，又平添音韻之美妙，此聯讀後，感到對偶精工，可體會出子美之律詩更有精進。首聯與頷聯描繪草堂與浣花溪景色，幽靜優美，令人陶然，但子美之現實生活處境，與美景恰相反，其初抵成都時，全賴故人嚴武接濟，贈送祿米以維生，如一旦嚴武無音問，子美又無耕種生產能力，生活一定陷於絕境。故頸聯曰：「厚祿故人書斷絕。」卽子美內心之憂慮。「恒饑稚子色淒涼」。恐懼這饑餓之困境。「厚祿」與「恒饑」是對仗，對得工穩，自詩意可明瞭子美貧窮之生活，其實子美一生多在饑貧中熬過。結聯：「欲塡溝壑唯疏散」，一生飽嘗患難，惟從未被殘酷之貧苦生活壓倒，始終以堅強之意志，衝破生活上之打擊，此所謂「疏散」，此種固窮之精神，不但未隨歲月流逝而減低，反而愈加增強。在餓死之邊緣，還與致勃勃的欣賞「翠篠」、「紅蕖」，不爲饑餓所威脅，連他自己都暗笑，越來越似狂放的老人，故曰：「自笑狂夫老更狂」。

子美寫過很多歌詠自然美景之佳作，也抒寫過潦倒窮貧之詩篇，而《狂夫》值得玩味之處，表面看似無法協調之情景，而子美卻將兩種相反的情景調合起來，成爲一完整意境。如「風含翠篠」、「雨裛紅蕖」，此爲賞心悅目之美景，與「淒涼」、「恒饑」、「欲塡溝壑」之悲悽情況，全由「狂夫」此一形象統一起來。無前半優美之景色，不能表現出狂夫之獨特性格，無後半潦倒生活之描述，即失去狂夫之形象，此種處理，是子美律詩超人之技巧。

《客至》（自註喜崔明府相過）

舍南舍北皆春水，但見羣鷗日日來。花徑不曾緣客掃，蓬門今始爲君開。盤飧市遠無兼味，樽酒家貧只舊醅。肯與鄰翁相對飲，隔籬呼取盡餘杯。

此首七律，杜甫寫於上元二年（七六一）在成都，年五十歲，爲一首充滿濃鬱生活氣氛之記事詩。草堂甫落成，環境幽美僻靜，常年顛沛之生活，暫告一段落，自然心境開朗愉悅，適於此時有客來訪，其欣喜之情，可忖度而知之。

起聯從戶外落筆，「舍南舍北皆春水」，一片綠水繚繞新居草堂，春色滿園，心情舒暢。「皆」字有春江水勢上漲之景象，遼望江波浩蕩，茫茫無際，心境格外感到開濶。「羣鷗日日來」，表示環境幽靜，引來羣鷗來此嬉戲，爲作者增添一羣充滿生氣之侶伴，古人也常將「鷗鳥」作爲水邊隱士之友。「但見」有弦外之音，暗示除羣鷗來訪外，罕見其他友好。景色雖美，卻無至友調劑孤寂，正如有美酒而無佳餚，寫出子美之孤寂心情。因而亦貫串全詩喜客之心切。

頷聯筆轉向庭院，引出「客至」，子美利用談話之際，說明生滿花之院中小徑，從未因迎客而清掃，門雖設而常關之蓬門，今日第一次爲您崔明府而開。寂寞生活中，貴賓臨舍，向無訪客之主人，眞是意外之驚喜。此兩句前後呼應，情意深厚。

頸聯「盤飧市遠無兼味，樽酒家貧只舊醅」，表示酒菜過簡不豐富，非款待貴賓之佳餚美酒。以市場遙遠，買菜不易。又因家貧只有以家釀之陳酒招待。雖是家常話，聽來充滿親切之感，亦表達無限之歉意，可體會出賓客之間，相待之眞情。

尾聯「肯與鄰翁相對飲，隔籬呼取盡餘杯。」可謂峰回路轉，主人曰：如欲增加情趣，與鄰居對飲，我卽隔籬喚他過來，《客至》中描述草堂待客情形，酒菜雖不豐，但待客之誠懇，眞摯之友情，頗爲感人。其次，描繪門前景色，飲酒中話家常，赤裸裸表示家貧，但處處眞實並無虛假，很能抅畫出一幅極富情趣之生活畫面。此篇以濃郁之生活氣氛與人情味，顯出此詩之特色。

《聞官軍收河南河北》

劍外忽傳收薊北，初聞涕淚滿衣裳。卻看妻子愁何在？漫卷詩書喜欲狂。白日放歌須縱酒，青春作伴好還鄉。卽從巴峽穿巫峽，便下襄陽向洛陽。

這首七律，杜甫作於唐代宗廣德元年(七六三)春，五十二歲。寶應元年（七六二）冬，唐軍於洛陽近郊橫水打一次勝仗，收復洛陽與鄭（今河南鄭州）、汴（今河南開封）等州，叛軍薛嵩、張忠志等皆投降，次年廣德元年一月，史思明子史朝義兵敗自縊，子美此時正流寓於梓州（今四川三臺），聞此消息，欣喜萬狀，以此激情之筆，立卽寫下這首膾炙人口之作。詩之主旨是寫忽聞叛亂已平之捷報，心喜若狂，想立卽歸故鄉之心情從詩中可知，「劍外忽傳收薊北」起首甚猛，表現報導之突然，劍外乃子美寄居之地，薊北爲安史駐紮之地，（今河北省東北一帶），首聯「初聞」緊承「忽傳」，感到捷報傳來太突然，

「涕淚滿衣裳」此情表現喜極而泣，「薊北」收復，戰亂將平。回憶八年來的顛沛流離的歲月，總算如惡夢般的逝去，從此，可愉悅無顧慮的回歸故鄉。頷聯用轉作承，「喜欲狂」是表示興奮的情緒達到極頂，想到妻子跟自己流浪的辛苦，不自禁的「卻看妻子愁何在？」此時妻子應不再愁眉緊鎖，而是笑逐顏開。子美歸心似箭，再無心寫作，便隨意的收拾詩書，準備歸去。頸聯「白日放歌須縱酒，青春作伴好還鄉」，「放歌」、「縱酒」皆喜極之發抒，「青春作伴好還鄉」，青春指春天，正值鳥語花香之季節可與妻子兒女們一同還鄉，想到歸里，如何不狂喜？尾聯路經「巴峽」、「巫峽」、「襄陽」、「洛陽」，路程相當漫長，而用「穿」，「便下」，「向」貫串起來，表示急速趕路，順流急駛，故用「下」；從「襄陽」至「洛陽」，已換陸路，所以用「向」。子美用字準確。對仗精當，全詩首句敍事，其下各句，皆抒寫忽聞捷報後喜悅之情，都是眞情流湧，後代詩家推崇此詩爲子美「生平第一首快詩」（浦起龍《讀杜心解》），蓋因其平生作詩，十九爲悲痛生活的反映，歡愉之情，極爲罕見。

《登樓》

花近高樓傷客心，萬方多難此登臨。錦江春色來天地，玉壘浮雲變古今。北極朝廷終不改，西山寇盜莫相侵。可憐後主還祠廟，日暮聊爲梁父吟。

此首七律，寫於代宗廣德二年（七六四）初春，五十三歲，是時在蜀客居已五載，去歲正月，官軍收復河南河北，安史亂剛平定；十月吐蕃之軍，又進犯長安，終於京都淪陷，代宗避難陝州，未幾郭子儀恢復京師。然吐蕃之勢頗猖獗，年末吐蕃又破松、維、保等州（卽蜀北部），繼而再陷劍南、西山各州。此詩首聯「花近高樓」，春色滿目，應是怡心悅目之時，爲何又「傷客心」，是因當時「萬方多難」之際，流離異鄉之人，獨自登樓，不禁撩起愁思。頷聯描繪山河壯麗，錦江、玉壘是登樓所見的山水。頸聯議論天下大勢，朝廷、寇盜乃登樓所思。「終不改」反承「變古今」，是說自去歲吐蕃陷京都，代宗旋卽復辟一事。

下句「寇盜」、「相侵」申述「萬方多難」，是對吐蕃的覬覦寄語，警告不要再來騷擾。尾聯詠懷古蹟，諷刺當朝昏君，抒發個人懷抱。後主指蜀漢劉禪，寵信黃皓，終致亡國；如今只有劉後主那樣庸君，卻無諸葛亮那樣賢相，子美空懷濟世之志，惜無獻身之機會。

這首詩，格律嚴謹，頷聯與頸聯，對偶工穩，頸聯爲流水對，讀來有一種飛揚流動之快意，詩家嘗評爲：「氣象雄偉，籠罩宇宙」，乃杜詩上乘之作。

《詠懷古跡五首》

其一

支離東北風塵際，漂泊西南天地間。三峽樓臺淹日月，五溪衣服共雲山。羯胡事主終無賴，詞客哀時且未還。庾信生平最蕭瑟，暮年詩賦動江關。

此詩杜甫作於代宗大曆元年（七六六）丙午，五十五歲，春在雲安養病，夏初遷往夔州。初寓山中客堂，秋移居西閣。秋末，柏茂琳任夔州都督，頗蒙資助。歷遊白帝城、灩澦堆、瞿塘峽等名勝。

這首七律是子美在夔州有感而寫，自敍客中憂時傷亂之心境，兼懷念庾信。古跡指江陵、歸州、夔州、宋玉宅、庾信之故居、王明妃生長之村莊、永安宮、先王廟、武侯祠等。見古跡而生懷念之情，每首分詠。

起聯子美敍述東北邊安祿山叛亂，戰事擾攘，無法安居，故飄泊至西南。頷聯描述此處可見到三峽間之樓臺，高聳矗立在日月之下。「五溪」指雄溪、樠溪、西溪、撫溪、辰溪，在今湖南西部，古爲溪族所居地區。溪人衣服與唐人不同，雜居夔州一帶。頸聯羯胡：指安祿山，兼指北方胡人，他們性情反覆無常，故其雖歸順我君主，而終究不忠會叛，如今遭逢戰亂，流居於此地之詞客詩人，悲傷時局紊亂，有家歸不得。尾聯想起南北朝之庾信，位望通顯，常有鄉關之思，因作《哀江南賦》。他一生最淒楚蕭條，在晚年之作品多哀傷江關，江關：指荊州、江陵。梁元帝都江陵，庾信未入北周時亦居於此，其所居處相傳爲宋玉之故宅。子美與庾信當年之遭遇相似，庾信晚景亦如子美身世之寫照。

其二

搖落深知宋玉悲，風流儒雅亦吾師，悵望千秋一灑淚，蕭條異代不同時！江山故宅空文藻，雲雨荒臺豈夢思。最是楚宮俱泯滅，舟人指點到今疑。

第二首與第一首是同年寫的，皆屬大曆元年（七六六）於夔州寫成的一組詩。夔州與三峽本來就有許多古跡，在第一首已提及。此首是子美憑弔楚名度極高之辭賦家宋玉。宋玉之《高唐神女賦》寫楚懷王與巫山神女夢中歡會之故事，因而傳爲巫山佳話。據說在江陵亦有宋玉故宅。子美暮年離開蜀，經巫峽至江陵，不僅懷念楚這位名作家，亦撩起身世遭遇之同情與慨嘆。子美認爲宋玉是詞人，同時也是有志之士，而其生前與死後一般人皆僅視爲詞人，其實他亦在仕途上失意過，又遭誤解，爲宋玉一生最可悲痛之處，亦與子美相似。第二首主要是矚目江山，悵惘古跡，弔念宋玉，抒發己懷。

杜甫至江陵，在秋天。宋玉名篇《九辯》，正以悲秋發端：「悲哉秋之爲氣也，蕭瑟兮草木搖落而變衰，」其旨又在抒寫「貧士失職而志不平」，與杜甫當時之情懷共鳴，因之使詩人有感而賦此詩，表達對宋玉之懷念與尊敬。宋玉：戰國時楚人。屈原弟子，因痛其師被讒放逐，作《九辯》以示哀悼。

起聯「風流儒雅」是庾信《枯樹賦》中形容晉名士兼志士殷仲文之成語，此處子美借以強調宋玉不僅是一位詞人，同時又是一位在政治上有抱負之政治家。「亦吾師」是用王逸「宋玉者，屈原弟子也」語，憐憫其師忠而被逐，故作《九辯》以述其志。此處借以表示子美自己亦師承宋玉，且表示此詩主旨在憐惜宋玉，藉述己志。頷聯作者說明自己與宋玉雖不同時代，但遭遇相同，二人皆悵惘失志，蕭條不遇，因而見其遺蹟，想到宋玉一生，悲傷流淚。頸聯江陵與歸州皆有宋玉故宅，今江山依舊，宋玉故宅亦依舊仍被後代人們保存，可見世人還懷念他。「空文藻」人們只欣賞他的文采，不了解他的志向抱負。「雲雨荒臺」出自宋玉《高唐賦》，昔日楚懷王嘗游高唐，夢見一婦人，女曰「妾巫山之女也，旦爲行雲，暮爲行雨，朝朝暮暮，陽臺之下。」陽臺山在四川巫山縣，上有陽雲臺遺址。今湖北漢川縣南亦有陽臺山。此處是說宋玉作《高唐賦》非全說夢，似亦有諷諫君王之意。尾聯承「搖落」、「悵望」說歷史之變遷，歲月之流逝，而今楚國早已蕩然無存，世人不再關懷楚之興亡，更不了解宋玉之心志，以至曲解史實，以訛傳訛，以訛爲是。如今舟行經過巫山巫峽，舟子指指點點，談女神與楚王之相戀故事，極有興味。

這首詩從詩之藝術評價，表現手法富有獨創性，緊密環繞主題抒寫，顯出古跡之特徵，而不著意描寫，而使之溶於議論，化爲情境，渲染此詩之抒情氣氛，加強詠古之特色。

其三

羣山萬壑赴荊門，生長明妃尚有村。一去紫臺連朔漠，獨留青塚向黃昏。畫圖省識春風面，環珮空歸月下魂，千載琵琶作胡語，分明怨恨曲中論。

這首七律，是子美住在夔州白帝城時作，在大曆元年（七六六）甫五十五歲。明妃姓王名嬙字昭君，漢元帝宮女，秭歸（湖北）人。晉時爲避司馬昭諱，改爲明妃，石崇作歌稱王明妃，古樂府有《昭君怨》。元帝後宮美女衆多，令畫工毛延壽畫像，按圖召幸，宮女爲能召幸，皆賄賂毛延壽，毛向昭君索金百兩，昭君拒絕，畫工遂點污其春風面，退居冷宮。某一夜晚，元帝漫步後園，昭君彈琵琶，元帝聽到聲中極幽怨，是以召見昭君，帝見其貌美冠後宮，大受寵愛，封爲明妃，毛畏罪潛逃至匈奴，獻美人圖與單于，匈奴呼韓邪單于來漢朝云：「願婿漢氏以自親」，昭君因漢帝許匈奴在先，又爲漢不再受匈奴騷擾，自請出塞和番，號寧胡閼氏。據稱「呼韓」去世後，復嫁其子雕陶莫單于，並生有子女。

杜甫向崇拜爲國犧牲之英雄，昭君可稱爲是一位巾幗英雄，子美遂藉古跡以抒感懷。首聯是敍述經過千山萬水，想參觀女英雄之出生地。據《一統志》稱：

「昭君村在荆州府歸州東北四十里」，卽今湖北秭歸縣之香溪。詩以雄奇壯麗之山，與洶湧之江流開首，起勢不凡，有詩家評第二句落到一個小小的王昭君的村落不甚適當，如明人胡震亨評注的《杜詩通》曰：「羣山萬壑赴荆門的詩句只能用於生長英雄的地方。」昭君亦爲英雄，不過是女英雄，英雄無男女之分，只要她的行事合英雄之標準，她就是英雄。淸人吳瞻泰之《杜詩題要》則另有看法，其曰：「發端突兀，是七律中第一等起句，謂山水逶迤，鍾靈毓秀，始產生一明妃。」子美就是要提高她的名度，要把她寫得驚天動地，天下奇女子。頷聯寫到昭君本人，也就是昭君悲劇之開始，爲國犧牲寵愛自己的君王，唯有仰首歎息，紫臺遼遠，關山阻隔，望君王向何方？相聚又何時？只有懷抱琵琶相思與怨恨。未料鬱悶而死，僅留下一座生著青草之孤墳，其實墳上並無青草。淸宋犖《筠廊偶筆》云「墓無草木，遠而望之，冥濛作黛色，故云青冢」，近人張相文《塞北紀遊》亦云：「塞外多白沙，空氣映之，凡山林村阜無不黛色橫空，若潑濃墨，昭君墓烟靄濛籠，遠見數十里外，故曰青冢」。頸聯是說元帝只在畫像上選擇召幸，相信畫工毛延壽，造成昭君埋骨塞外的悲劇。「環珮」是代表昭君，意是昭君永不忘懷故國，與寵愛她的元帝，只有靈魂在月夜悄悄歸來。尾聯，千年萬代，琵琶聲中仍有胡地語言（因琵琶是胡地產物），意謂昭君的琵琶聲永留人間。她的琵琶聲中傾吐怨恨，恨毛延壽污點容貌使元帝不早召幸她，終使她生前飄零在異邦，死後一座孤墳永留異地，怎能不怨恨。當讀者讀到末兩句，不禁有一股淒涼的情緒湧上心頭，留給讀者難以忘懷的是一個悲劇女子的形象。

其四

蜀主窺吳幸三峽，崩年亦在永安宮。翠華想像空山裏，玉殿虛無野寺中。古廟杉松巢水鶴，歲時伏臘走村翁。武侯祠屋長鄰近，一體君臣祭祀同。

第四首亦於同年所作，是詠蜀先主劉備，各選本多棄此首，可能是不解子美深曲之心，近代人郭曾炘《讀杜札記》曰：「蜀主章，看似平淡而義蘊頗深」，評語甚當。起聯，先自史事敍起，《三國志·蜀志》：「先主忿孫權之襲關羽，遂率諸軍伐吳，次秭歸。章武二年，敗於猇亭。還魚復，改魚復爲永安。三年，殂于永安宮。」「蜀主窺吳」卽指此事。劉備失策莫過於窺吳，一敗塗地，之崩逝，漢室由此不能復興。子美直敍其事，非常悲憤。《杜詩詳解》曰：「首句如疾雷破山，何等聲勢，次句如落日掩照，何等蒼涼。」的確爲寸心之得。子美推尊諸葛亮，由於武侯忠於劉先主，故《詠懷古跡五首》先詠劉備後詠諸葛亮，亦見詩人重其君臣之相契。頷聯翠華是天子旗，用翠羽爲飾。玉殿：殿今爲寺廟，在宮東。是說先主臨幸時所插之翠華旗，如今似乎仍在空山中飄揚，那座永安之玉殿，已空虛無有，言昔日翠華玉殿已不再見，所留唯有古寺而已。頷聯似空想之辭。頸聯，歲時是說村民按季節前往祭祀。「伏臘」古代祭名。伏在夏六月，臘在冬十二月。五六兩句意謂：古寺外之杉樹與松樹，已被水鶴做巢棲息，但每逢夏冬二季尚有村中老翁來祭祀，可見世人未忘懷先主。尾聯「武侯祠屋」，武侯：諸葛亮封號，武侯祠與劉先主廟相距很近，在先主廟西。後四句是描述廟中景況，古廟松杉，巢居水鶴，謂廟已久遠，無人修整，顯得淒涼荒蕪。末一句以「一體君臣祭祀同」作結。說明君臣一體，君爲元首，臣爲股肱，在子美認爲先主劉備雖中道崩殂，未完成大業，而後人冬夏弔之，知民心所歸。從此詩中，可窺知子美有政治抱負，惟一生空懷報國之志，而武侯雖有報國之機遇，惜出師未捷身先死，乃此章之義蘊所在。

其五

諸葛大名垂宇宙，宗臣遺像肅清高。三分割據紆籌策，萬古雲霄一羽毛。伯仲之間見伊呂，指揮若定失蕭曹。運移漢祚終難復，志決身殲軍務勞。

第五首詠諸葛亮，同年寫成，杜甫一生對孔明深表敬仰，每見其遺蹟，便借以抒懷，如在四川成都西城參觀武侯祠，寫一首七律《蜀相》，其中有兩句「碧草自春色」「黃鸝空好音」。感慨廟之失修荒凉。此首因在夔州瞻仰武侯祠，追懷孔明。起聯稱頌武侯名滿天下，如異峰突起，渾雄剛勁。次句「宗臣遺像」，「宗臣」：爲眾人推崇之重臣，緊接首句，今見其遺像，肅穆清高。首句寫其生前，次句寫其歿後，句句充滿仰慕之情。頷聯概括孔明一生之才智功績，「三分割據」，諸葛亮見時勢難爲，策畫而成三國鼎立之局勢，可謂獨具隻眼，「紆籌策」：曲折規畫策略，顯其超人之智略。「雲霄一羽毛」比喻武侯如鸞鳳高翔，獨步青雲。在後人認爲孔明赫赫功績，爲其一生盛業，而對武侯來講，輕若一羽耳。頸聯「伯仲之間」，猶言不相上下。「伊呂」指伊尹、呂尙。伊尹輔佐商湯，呂尙輔佐周文、武王，皆建立王業。「若定」：胸有成算，從容不迫。「失蕭曹」：蕭何、曹參爲佐助漢高帝之謀臣。「失」：失色，意思是說孔明之策畫足使蕭曹失色，實高出蕭曹二人之上。在杜氏心目中，諸葛武侯之功業與伊尹呂尙不相上下，而指揮軍事時之鎭靜與周密，西漢之蕭何與曹參如何比得上。尾聯「運移漢祚」言漢室命運不佳。「志決身殲」：立志堅定，以身殉職。用諸葛亮《前出師表》：「鞠躬盡瘁，死而後已」語意，意思是說漢室雖終難復興，但孔明有堅決之意志，寧願爲國而犧牲，故在軍營中，勞苦異常，終含恨而歿。

全詩藉古跡抒胸懷，字裏行間，對古仁人充溢仰慕之情，層次井然，如將首聯比作雷聲突起，暴雨傾盆，頷頸聯卽如江河奔放，波濤翻滾，愈漲益高。五首結構筆法有精粗鉅細，有巧拙新陳，有險易深淺，惟無不切當。詩家謂此五首詩：「旣竭心思，以一身之全力，爲技巧盡力，子美爲古人寫照，一腔熱血，百般磨勵，不但不可輕評議，抑猶不可輕讀，養氣滌腸，方可領略。」

《小寒食舟中作》

佳辰強飲食猶寒，隱几蕭條戴鶡冠。春水船如天上坐，老年花似霧中看。娟娟戲蝶過閑幔，片片輕鷗下急湍。雲白山青萬餘里，愁看直北是長安。

這首七律杜甫作於唐代宗大曆五年（西元七七〇）庚戌春，五十九歲，在潭州所作。是年秋沿湘水而下，冬卒於潭岳舟中。

小寒食：清明前一或二日爲寒食節，寒食節之次日爲小寒食。古代習俗中此三日禁火冷食，故名寒食節。首聯「佳辰強飲食猶寒」，子美滿身病，到晚年每因肺病戒酒，但每逢佳節，仍勉強飲幾杯，以表慶祝節日之意，「強飲」是因子美多病，本不宜飲酒，爲使佳節不虛度，提起過節之興致。鶡冠：以鶡鳥羽毛裝飾之冠，古代有隱士號鶡冠子，鶡冠卽隱士的帽子。第二句「隱几蕭條戴鶡冠」表示自己已失去官職，不被朝廷所重用的失意形象，一生潦倒坎坷，到暮年還漂泊在江湖，度孤獨淒涼的生活。

頷聯：是寫景加抒情，在此清明前夕，初春時節，春水清澈，良辰美景，孤零一人靠在船邊，雲影倒映在水底，使人感到就如坐在空中，俯視塵世，一片朦朧，老年人坐船賞景才會有如此之感受，所謂老眼昏花。另一涵意，是因社會變亂，時局動盪，使他的心情起伏不寧，即使坐在小船中，都感到不平靜。

頸聯：子美在憂悶中，想借景物減輕他內心之鬱結。近處：美麗的蝴蝶在翩躚飛舞，繞過子美低垂在船窗上的帘幔，遠處：江水湍急，羣鷗飛翔，隨水流而去。白鷗、蝴蝶，往來穿梭，生氣盎然。此聯有承上啟下的作用，承上之筆，爲船中觀景之具體描繪，啟下爲美景、愁緒之對比，隱含子美望長安之懷。

結聯：高高白雲，遠遠青山，層疊永存，美好的河山，更激起子美對國家的關愛。子美之情思，穿過萬里之青山白雲，充滿深切愁思之目光，直向長安望去，「直」極爲眞摯生動，含意頗深刻，《杜詩鏡銓》謂其「結有遠神」，讀後令人回味無窮。

《春歸》

苔徑臨江竹，茅檐覆地花。別來頻甲子，倏忽又春華。倚杖看孤石，傾壺就淺沙。遠鷗浮水靜，輕燕受風斜。世路雖多梗，吾生亦有涯。此身醒後醉，乘興卽爲家。

這首五言排律，是杜甫於廣德二年（七六四）春，五十三歲作的。初春攜眷往閬中，擬由水路南下至渝州出峽。三月聞嚴武再任東西川節度使，於是舉家回成都，回到草堂寫這首詩時心情有安適感，因經過秦州數年漂泊的生活，總算得到暫時之安定。首二句描寫回到草堂之景色：綠竹臨江叢生，青苔沒滿小徑，茅檐下一片落紅。因避難他處，無人清掃，但歸來景物依舊，未被破壞。第三四句，子美回憶寶應元年（七六二）因送嚴武入朝離開草堂，至廣德二年春，經過兩年歲月，又回到舊時之寓所，故曰「頻甲子」，其時且正逢春百花齊放，心境之愉悅可知，故五六句寫，依撫竹杖欣賞孤立之巖石；倒杯酒坐在細沙上，遠望鷗鳥浮於水面，因距離遠似乎很靜態，輕燕迎風而斜飛，在靜謐的畫面上又顯出動感，這兩句刻畫細膩，詩家嘖嘖稱讚。七八句，言蜀亂雖漸平，但世路梗阻尚多，我之壽數已不會太久，以醉酒消磨歲月，隨遇而安。詩人以放曠之詞自慰，頗似輕鬆愉快，實則沉痛至極。全詩十二句，每四句一節，首四句敍事，中四句寫景，尾四句遣情。修竹、臨江、綠苔、陰徑、落花、覆地、茅檐，卽浣花溪草堂全景也。

《釋悶》

四海十年不解兵，犬戎也復臨咸京。失道非關出襄野，揚鞭忽是過湖城。豺狼塞路人斷絕，烽火照夜屍縱橫。天子亦應厭奔走，羣公固合思昇平。但恐誅求不改轍，聞道嬖孽能全生。江邊老翁錯料事，眼暗不見風塵清。

這是一首七言排律，杜甫寫於唐代宗廣德二年（七六四）甲辰，年五十三歲。詩之內容：謂全國戰亂，烽火連天，已經持續十年(自安史亂至寫此詩時)，此時子美住在川北閬中，外族吐蕃又入寇長安，百姓屍橫遍野，代宗逃到陝州，因賊兵已臨城下，不得不逃避，以免受辱。子美目睹此情。憂慮國家之安危，有感而作此詩，以抒解內心之焦愁。「四海十年不解兵」，是寫實。「失道非關出襄野，揚鞭忽是過湖城。」這兩句借用二典故，上句用《莊子》語：「黃帝將見大隗於具茨之山，至於襄城之野，七賢皆迷，無所問塗。」下句用《晉書．明帝紀》所載：「微行至於湖，陰察王敦營壘而出。」及《世說》所載：「王大將軍敦，軍姑熟，明帝乘巴賓馬，齎一金鞭，陰察軍形。敦晝寢，夢日遶城，命騎追之，不及。」這兩個故事。意在諷刺代宗出奔非訪道，而是避賊。「豺狼塞路人斷絕，烽火照夜屍縱橫。」以豺狼喻吐蕃到處橫暴，戰爭使人民屍體徧地。「但恐誅求不改轍，聞道嬖孽能全生。」嬖孽：指程元振。

《唐書》記載：「代宗在陝，削程元振官職歸田里。廣德二年春正月，以私入京師，配流溱州，復令於江陵府安置。」子美未料到如程元振類奸賊，尚能保住生命，只好說：「江邊老翁錯料事，眼暗不見風塵清。」自承認不智料錯事，兩眼昏花亦看不清。此爲子美悶之主因，其憂國憂民之誠摯，溢於詩中，而以排律寫出，益見精彩。《釋悶》這首七排，從作品技巧來評，對偶工整，平仄諧適，押韻正確，用典適當。

參考書目

一 全唐詩 清聖祖 文史哲出版社

二 杜詩鏡銓 楊倫／浦起龍著 漢京文化事業有限公司

三 杜詩詳注 仇兆鰲註 文史哲出版社

四 唐詩選評釋 明・李攀龍選 日本・森大來評釋 花縣・江俠菴譯 德興書局印行

五 中國文學發展史 劉大杰著 中華書局

六 中國詩學大綱 楊鴻烈著 商務印書館

七 中國文學史 中國文學史研究委員會 復文圖書出版社

八 杜甫作品繫年 李辰冬著 東大圖書公司

九 杜甫卷 華文軒編輯 明倫出版社

十 唐詩研究 胡雲翼著 商務印書館

十一 杜甫詩 傅東華註 商務印書館

十二 唐詩說 夏敬觀著 河洛圖書出版社

十三 杜詩評傳 劉維崇著 商務印書館

十四 讀杜甫說 施鴻保著 河洛圖書出版社

十五 中國歷代詩選 丁嬰編 宏業書局

十六 中國詩學 黃永武著 巨流圖書公司

十七 中國文學發展史 賀其燊著 華正書局

十八 中國文學批評史 羅根澤著 龍泉書局

十九 中國詩歌發展史 梁石著 經氏出版社

二十 杜甫詩研究 簡明勇著 學海出版社

二十一　詩品注　鍾嶸著　開明書店
二十二　唐詩選評說　簡野道明　日本明治書院本
二十三　新唐書　歐陽修著　洪氏出版社
二十四　舊唐書　劉昫著　洪氏出版社
二十五　滄浪詩話　嚴羽著　弘道詩話叢刊
二十六　全唐詩說　王世貞著　廣文景印古今
二十七　唐人選唐詩集　元結等　河洛景印
二十八　唐詩鑑賞辭典　馬茂元等撰稿　上海辭書出版社
二十九　中國歷代詩歌鑑賞辭典　編委王洪等　中國民間文藝出版社
三　十　杜甫詩今譯　徐放　人民日報出版社
三十一　杜甫敍論　朱東潤著　木鐸出版社
三十二　杜甫生平及其詩學研究　胡豈凡著　文史哲出版社
三十三　中國兩大詩聖　吳天任著　藝文印書館
三十四　唐詩概論　蘇雪林著　商務印書館

三十五　唐宋詩詞研究　張敬文著　商務印書館
三十六　漁洋詩話　王士禎著　藝文清詩話
三十七　中國文學研究　佚夫主編　東亞圖書公司
三十八　杜詩欣賞　孫克寬　學生書局
三十九　李白與杜甫　郭鼎堂著　帛書出版社
四十　詩詞欣賞　蘅塘退士著　將門出版社
四十一　司空表聖詩集　司空圖著　商務四部叢刊
四十二　唐詩的世界之一　栗斯著　木鐸出版社印行
四十三　論唐人七絕　陳延傑著　東方二十二卷十一號
四十四　論唐人七言歌行　陳延傑著　東方二十三卷五號
四十五　讀全唐詩發微　劉師培著　國粹學報四卷九號
四十六　杜甫詩中的倫理精神　汪中著　中華文化復興月刊

滄海叢刊已刊行書目(八)

書名	作者	類別
文學欣賞的靈魂	劉述先	西洋文學
西洋兒童文學史	葉詠琍	西洋文學
現代藝術哲學	孫旗譯	藝術
音樂人生	黃友棣	音樂
音樂與我	趙琴	音樂
音樂伴我遊	趙琴	音樂
爐邊閒話	李抱忱	音樂
琴臺碎語	黃友棣	音樂
音樂隨筆	趙琴	音樂
樂林蓽露	黃友棣	音樂
樂谷鳴泉	黃友棣	音樂
樂韻飄香	黃友棣	音樂
樂圃長春	黃友棣	音樂
色彩基礎	何耀宗	美術
水彩技巧與創作	劉其偉	美術
繪畫隨筆	陳景容	美術
素描的技法	陳景容	美術
人體工學與安全	劉其偉	美術
立體造形基本設計	張長傑	美術
工藝材料	李鈞棫	美術
石膏工藝	李鈞棫	美術
裝飾工藝	張長傑	美術
都市計劃概論	王紀鯤	建築
建築設計方法	陳政雄	建築
建築基本畫	陳榮美 楊麗黛	建築
建築鋼屋架結構設計	王萬雄	建築
中國的建築藝術	張紹載	建築
室內環境設計	李琬琬	建築
現代工藝概論	張長傑	雕刻
藤竹工	張長傑	雕刻
戲劇藝術之發展及其原理	趙如琳譯	戲劇
戲劇編寫法	方寸	戲劇
時代的經驗	汪琪 彭家發	新聞
大衆傳播的挑戰	石永貴	新聞
書法與心理	高尚仁	心理

滄海叢刊已刊行書目(七)

書名	作者	類別
印度文學歷代名著選(上)(下)	糜文開編譯	文學
寒山子研究	陳慧劍	文學
魯迅這個人	劉心皇	文學
孟學的現代意義	王支洪	文學
比較詩學	葉維廉	比較文學
結構主義與中國文學	周英雄	比較文學
主題學研究論文集	陳鵬翔主編	比較文學
中國小說比較研究	侯健	比較文學
現象學與文學批評	鄭樹森編	比較文學
記號詩學	古添洪	比較文學
中美文學因緣	鄭樹森編	比較文學
文學因緣	鄭樹森	比較文學
比較文學理論與實踐	張漢良	比較文學
韓非子析論	謝雲飛	中國文學
陶淵明評論	李辰冬	中國文學
中國文學論叢	錢穆	中國文學
文學新論	李辰冬	中國文學
離騷九歌九章淺釋	繆天華	中國文學
苕華詞與人間詞話述評	王宗樂	中國文學
杜甫作品繫年	李辰冬	中國文學
元曲六大家	應裕康 王忠林	中國文學
詩經研讀指導	裴普賢	中國文學
迦陵談詩二集	葉嘉瑩	中國文學
莊子及其文學	黃錦鋐	中國文學
歐陽修詩本義研究	裴普賢	中國文學
清真詞研究	王支洪	中國文學
宋儒風範	董金裕	中國文學
紅樓夢的文學價值	羅盤	中國文學
四說論叢	羅盤	中國文學
中國文學鑑賞舉隅	黃慶萱 許家鸞	中國文學
牛李黨爭與唐代文學	傅錫壬	中國文學
增訂江皋集	吳俊升	中國文學
浮士德研究	李辰冬譯	西洋文學
蘇忍尼辛選集	劉安雲譯	西洋文學

滄海叢刊已刊行書目(六)

書名	作者	類別
卡薩爾斯之琴	葉石濤	文學
青囊夜燈	許振江	文學
我永遠年輕	唐文標	文學
分析文學	陳啓佑	文學
思想起	陌上塵	文學
心酸記	李喬	文學
離訣	林蒼鬱	文學
孤獨園	林蒼鬱	文學
托塔少年	林文欽編	文學
北美情逅	卜貴美	文學
女兵自傳	謝冰瑩	文學
抗戰日記	謝冰瑩	文學
我在日本	謝冰瑩	文學
給青年朋友的信(上)(下)	謝冰瑩	文學
冰瑩書柬	謝冰瑩	文學
孤寂中的廻響	洛夫	文學
火天使	趙衛民	文學
無塵的鏡子	張默	文學
大漢心聲	張起鈞	文學
回首叫雲飛起	羊令野	文學
康莊有待	向陽	文學
情愛與文學	周伯乃	文學
湍流偶拾	繆天華	文學
文學之旅	蕭傳文	文學
鼓瑟集	幼柏	文學
種子落地	葉海煙	文學
文學邊緣	周玉山	文學
大陸文藝新探	周玉山	文學
累廬聲氣集	姜超嶽	文學
實用文纂	姜超嶽	文學
林下生涯	姜超嶽	文學
材與不材之間	王邦雄	文學
人生小語(一)(二)	何秀煌	文學
兒童文學	葉詠琍	文學

滄海叢刊已刊行書目(三)

書名	作者	類別
不疑不懼	王洪鈞	教育
文化與教育	錢穆	教育
教育叢談	上官業佑	教育
印度文化十八篇	糜文開	社會
中華文化十二講	錢穆	社會
清代科舉	劉兆璸	社會
世界局勢與中國文化	錢穆	社會
國家論	薩孟武 譯	社會
紅樓夢與中國舊家庭	薩孟武	社會
社會學與中國研究	蔡文輝	社會
我國社會的變遷與發展	朱岑樓主編	社會
開放的多元社會	楊國樞	社會
社會、文化和知識份子	葉啓政	社會
臺灣與美國社會問題	蔡文輝 蕭新煌 主編	社會
日本社會的結構	福武直 著 王世雄 譯	社會
三十年來我國人文及社會科學之回顧與展望		社會
財經文存	王作榮	經濟
財經時論	楊道淮	經濟
中國歷代政治得失	錢穆	政治
周禮的政治思想	周世輔 周文湘	政治
儒家政論衍義	薩孟武	政治
先秦政治思想史	梁啓超原著 賈馥茗標點	政治
當代中國與民主	周陽山	政治
中國現代軍事史	劉馥著 梅寅生譯	軍事
憲法論集	林紀東	法律
憲法論叢	鄭彥棻	法律
師友風義	鄭彥棻	歷史
黃帝	錢穆	歷史
歷史與人物	吳相湘	歷史
歷史與文化論叢	錢穆	歷史

滄海叢刊已刊行書目(二)

書名	作者	類別
語言哲學	劉福增	哲學
邏輯與設基法	劉福增	哲學
知識・邏輯・科學哲學	林正弘	哲學
中國管理哲學	曾仕強	哲學
老子的哲學	王邦雄	中國哲學
孔學漫談	余家菊	中國哲學
中庸誠的哲學	吳怡	中國哲學
哲學演講錄	吳怡	中國哲學
墨家的哲學方法	鍾友聯	中國哲學
韓非子的哲學	王邦雄	中國哲學
墨家哲學	蔡仁厚	中國哲學
知識、理性與生命	孫寶琛	中國哲學
逍遙的莊子	吳怡	中國哲學
中國哲學的生命和方法	吳怡	中國哲學
儒家與現代中國	韋政通	中國哲學
希臘哲學趣談	鄔昆如	西洋哲學
中世哲學趣談	鄔昆如	西洋哲學
近代哲學趣談	鄔昆如	西洋哲學
現代哲學趣談	鄔昆如	西洋哲學
現代哲學述評(一)	傅佩榮譯	西洋哲學
懷海德哲學	楊士毅	西洋哲學
思想的貧困	韋政通	思想
不以規矩不能成方圓	劉君燦	思想
佛學研究	周中一	佛學
佛學論著	周中一	佛學
現代佛學原理	鄭金德	佛學
禪話	周中一	佛學
天人之際	李杏邨	佛學
公案禪語	吳怡	佛學
佛教思想新論	楊惠南	佛學
禪學講話	芝峯法師譯	佛學
圓滿生命的實現(布施波羅蜜)	陳柏達	佛學
絕對與圓融	霍韜晦	佛學
佛學研究指南	關世謙譯	佛學
當代學人談佛教	楊惠南編	佛學

滄海叢刊已刊行書目(一)

書名	作者	類別
國父道德言論類輯	陳立夫	國父遺教
中國學術思想史論叢(一)(二)(三)(四)(五)(六)(七)(八)	錢穆	國學
現代中國學術論衡	錢穆	國學
兩漢經學今古文平議	錢穆	國學
朱子學提綱	錢穆	國學
先秦諸子繫年	錢穆	國學
先秦諸子論叢	唐端正	國學
先秦諸子論叢(續篇)	唐端正	國學
儒學傳統與文化創新	黃俊傑	國學
宋代理學三書隨劄	錢穆	國學
莊子纂箋	錢穆	國學
湖上閒思錄	錢穆	哲學
人生十論	錢穆	哲學
晚學盲言	錢穆	哲學
中國百位哲學家	黎建球	哲學
西洋百位哲學家	鄔昆如	哲學
現代存在思想家	項退結	哲學
比較哲學與文化(一)(二)	吳森	哲學
文化哲學講錄(一)(二)(三)(四)	鄔昆如	哲學
哲學淺論	張康譯	哲學
哲學十大問題	鄔昆如	哲學
哲學智慧的尋求	何秀煌	哲學
哲學的智慧與歷史的聰明	何秀煌	哲學
內心悅樂之源泉	吳經熊	哲學
從西方哲學到禪佛教 —「哲學與宗教」一集—	傅偉勳	哲學
批判的繼承與創造的發展 —「哲學與宗教」二集—	傅偉勳	哲學
愛的哲學	蘇昌美	哲學
是與非	張身華譯	哲學